詩歌の岸辺で

新しい詩を読むために

岡井隆

思潮社

目次

Ⅰ——二〇〇七年まで

装幀＝中島浩

詩歌の岸辺で

新しい詩を読むために

I ――二〇〇七年まで

祈りの強度

谷川雁「毛沢東」

いなずまが愛している丘
夜明けのかめに
あおじろい水をくむ
そのかおは岩石のようだ
かれの背になだれているもの
死刑場の雪の美しさ
きょうという日をみたし
熔岩のなやみをみたし
あすはまだ深みで鳴っているが

同志毛のみみはじっと垂れている
ひとつのこだまが投身する
村のかなしい人達のさけびが
そして老いぼれた木と縄が
かすかなあらしを汲みあげるとき
ひとすじの苦しい光のように
同志毛は立っている

（谷川雁「毛沢東」）

二行が一連となり、それが八連つづいてゐる。定型の詩といつていいだらう。連と連のあひだは二行分ぐらゐの空白がある。

この詩は、有名な詩で、北川透によれば「毀誉褒貶が激しく分かれている詩」だといふことだ。毛沢東神話が崩れてしまつて、性生活まであばかれてしまつた今では、この詩の宗教詩のやうな完成度は、もう誰もかへりみないだらうといふのは、詩を知らない人の言ふことである。谷川雁が語り伝へられる限りは、この詩の永遠性は変はらないだらう。

毛沢東といふのは、一人の中国人の人名にすぎないと言ふべきではない。一人の革命家の名で、その革命の成功度は、今となつてはさまざまの面から疑はれてゐる。しかし、歴史とはさういふものである。この詩の発表された時点で、毛沢東といふ一人の「偉大な同志」は、一人の日本人革命家によつて、このやうに捉へられてゐた。祈りの純度といつたものが大切であつて、「ひとすじの苦しい光のように」とか「そのかおは岩石のようだ」とか「同志毛のみみはじつと垂れている」とかいつた表現をみると、谷川雁が、毛をいたづらに理想化ばかりしてはゐないことがわかるのである。

「いなずまが愛している丘」の「夜明けのかめに」「あおじろい水をくむ」んでゐるのが、毛その人である。かういふ一行一行によつて、その「かおは岩石のよう」なのであつて、そこには苦しさとか悲しさとか忍耐とかいつた感情がぬりこめられてゐるのがわかる。十億の民をどうしたら幸福にできるかといふ課題にとりくんで、理論と実践によつてその課題に一つの答へを出したと思はれてゐた一人の中国人。海のこちらから眺めてゐると、やはり、こちら側にも、その背中に「死刑場の雪の美しさ」の「なだれている」やうな革命家が欲しいといふ切実な祈りが生まれてくるのではないか。

谷川雁その人も、「ひとつのこだまが投身する」声をいくたびとなく聞いたのであるし、ふかい井戸の中から「かすかなあらしを汲みあげ」ようとしたのであつたらう。

この詩は、一人の青年が、アジアの他の国のすぐれた革命政治家によせたオマージュであるばかりではなく、そこに、この世の公的なもの、個をこえたものに対しておのれを極限のところまで純化して事《つか》へようとする一人の「同志」によせる共感がひびいてゐる。

谷川雁の宗教詩風の作品は（すべて一種の宗教詩だといつていへないことはないが）、この外にも「恵可」と「ゲッセマネの夜」とがある。ダルマに対する恵可と、イエスが題材になつてゐるが、内容としては、「毛沢東」とかはりないぐらゐ、祈りのつよい詩である。しかし、形式が、「毛沢東」の方が、単純で暗示性に富むといふ意味で、この詩をあげたのである。

二行一連をつなげる形式は「母」や「伝達」にもみられる。谷川雁が、定型の生理にくはしく、余分なものを削ぎ落すために、この定型をつかつたことは明らかである。のちに十四行詩を作つた谷川雁は、行数を決めて作る定型の短詩の、つよい暗示性をよくこころへてもをり、好んでもゐたのであらう。

「ひとすじの苦しい光」といふ詩句があるが、この「ひとすじ」にあらはれてゐるやうな「一《いち》」といふ数詞へのこだわりも谷川雁には多いやうである。つまり、「一」とは、雁にとつて、独りでもあり孤りでもあり一本道でもあり、また、天からふる（多数ではない）ただ一本の光の中に、人間を救ふために降臨して来る〈神〉を見ようとするのでもあつて、谷川雁には多神教的アニミズムはなく、一神教の神の姿が、「毛沢東」にさへ宿つてゐる。

柚子の実にかくれて　西条八十「柚の実」

講義のあとで、花梨とレモンと柚子の黄色の実をくれた受講生の人がゐた。自分の家の庭になつたといふのである。マンション棲ひで、庭木と無縁になつてしまつたわたしは、まぶしいばかり黄に輝く実を枝ごと眺めてゐたが、家人がかういふ天然の果実を眺めたり画材にしたりするのが好きなのを思つて、感謝して貰つて帰つた。

西条八十の『金砂』（大正八年刊）に「柚の実」といふ詩がある。

逃れんすべなし
せめては小刀《メス》をあげて
この青き柚の実を截れ、
さらばうちに黄金《こがね》の
匂《かぐ》はしき十二の房《へや》ありて
爾《おんみ》とわれとを防《まも》らむ。

わたしはかういふ大正期の若者の書いた文語詩がわりと好きなのである。

佐藤春夫、堀口大學、西条八十のやうな人は、今ではもう、読む人も少ないであらう。抒情詩といつても広いが、「四季派」の三好達治や丸山薫でさへ、あまり人の口の端にのぼらない。まして明治末から大正期の抒情詩人は、はやらない。だが、此の詩なども、見事な完成度を示してゐる一例で、近代の日本の詩歌の中で、思ひ出してよい短詩である。そして、短歌とは違ふ詩想の展開が、この六行にはある。

はじめの三行は、やや切迫した心境を語つてをり、「截れ」と自分の心に命令を下してゐる。「逃れんすべなし」とは、なにから逃れるすべがないのだらうか。

このごろは悲歌のたぐひも、パロディめかした軽妙な詩として解釈してよろこぶ風がある。それに倣つて言へばどうなるか。

いやあ、どうも弱つたよ。逃れようもないところへ、追いつめられちまつて、さ。ま、なげいてばかり居ないで、目の前にころがつてゐる柚子の実を、かう、メスで截つてみることさね（と自分に向つて言ふ）。

ここで逃れられないところへ陥つてボヤいてるのは、ご多分に洩れず、愚かな男と女である。あとの三行で詩人は、とんでもない救ひの道を示す。

さうすれば、柚子は二つに割れて、内側から、黄金で出来た、香りも高い十二の蜜房をあらはすことだらう。さあ、この蜜房の中へ逃げこめ。さうすりや、この部屋がお前さんがたを守つてくれるよ。

むろん、柚子の蜜房など、なんの役にも立ちはしないのだが、かう歌ふことによつて、詩人は、つかの間の憩ひ、つかの間の安らぎを得たのかも知れない。言葉による救ひなどといふものは、そして詩歌のたぐひのもたらす安心なんてものは、その位のものだ。それを得るためにさへ、「小刀をあげて」青き実を截る程度の、努力はしなければならない。そして蜜房は、小なりといへ、十二箇はなければならないのである。

巧まざる技巧の冴え

辻征夫のこと

辻征夫詩集成。さういふ本が著者から届いたのは、たつた四年前のこと。(それで本人が居ないといふのはどういふことだ。)わたしは『天使・蝶・白い雲などいくつかの瞑想』から、寄贈をうけたのだと思ふ。(わたしの歌集も、そのころから辻さんのところへ行つてゐる筈。)逗子海岸で行なはれた関東学院大の夏の詩のセミナー(谷川俊太郎氏の肝いりの会)で一度だけ辻さんに会ひ、その自作朗読をきいて、辻さんの詩に共感して以来、わたしはかなり熱心に辻さんの詩を読み、解読風の文章もいくつか書いた。書いた文章は、わたしにとつて、大切な文章だつた。文章には書き方があり、うまく行く時とさうでない時とがあるが、「雪わりのラム」(『ヴェルレーヌの余白に』所収)の解読は、割とうまく書けたやうに思つた。それはなんといつても、あの夏の詩のセミナーの時に、作者自身朗読するのをきいたからなのである。荒川洋治さんはじめ、朗読反対派はたくさん居て、それはそれでわたしにも判るのだ。しかし、本人に朗読されてはじめて伝はつて来るものもあることも確かなのである。これは理窟ではなく、実際の体験だから否定の仕方がない。そのことと、妙に芸を見せてゐるやうな朗読のいやらしさとは、また別のこと。もつとも、至芸といふべき朗読詩もあるから、ことがらがややこしい。(例へば、谷川俊太郎、吉増剛造両氏のは至芸に属する、少くともわたしの聞いた限りでは。）辻さんの朗読は、たんたんとしてゐて、しかし、強調すべきところはちやんと強調してゐて、心を打つた。「棒論」とか「落日」も聞いたが、「雪わりのラム」が一等よかつた。辻さんの声の質といふのもあるだらう。「蝶」も感動的だつた。そのあと、わたしはその頃勤めてゐた大学の入試問題に『ロビンソン、この詩はなに？』の中から「ベルナアルさんの春」を選んで、その一節を使はせてもらつたことがあつた。あとから今の大学生（その予備軍としての高校生）の国語能力について疑問を抱くやうになり（これは、因みにいふが、彼らだけの罪ではない。）あの出題は無理だつたと覚るのであつたが、「ベルナアルさんの春」は、久生十蘭とアナトール・フランスといふ、わたしも好きな作家の小説を下に敷いた、詩へのお誘ひ（いはば辻さん流の現代詩入門）の文章で、のちに小説を書き出したのも当然といつた文体の自在さを感じさせるものだが、中に「聖母の軽業師」といふところがあり、あれは「聖母と軽業師」の間違ひだらうと（試験問題を出す都合上）やむを得ず、辻さんに問ひ合はせたことがあつた。「さうだ、間違へました」といふ返事をもらつた覚えがあるが、思へば（大ていかういふことは後追ひになるが）「聖母の軽業師」と、「の」でつないだ方が、アナトール・フランスのあの寓話風の作は、本当のところに達してゐるかも知れない。辻さんはわざと間違へたのだとも思へて来たのであつた。その大学での〈詩歌入門〉の講義の材料としてもわたしは何度も辻さんの詩をとり上げたが、中でも記憶が鮮明なのは、卒業前の大学生たちに「夢は焚火の丸太に」「伝言」（『河口眺望』所収）の話をした時のことだ。かれらはこれから就職しようとしてゐて、時はバブルのはぢけたあとで就職がむづかしくなつた時。「小使いさんになりたかったのさ」

とか「ときどき／会社にいくのがいやになるから／いかないんだ」といつた、就職してから先の人間のあるべき姿といつたテーマをユーモラスにしかも実に迫つて書いた詩だつた。一つを合はせて一篇とするデュオ（または対《ペア》の形）の詩といふのは、この『河口眺望』では「蚍」と「雨」もさうであつて、正続合はせて一篇だが、しかし、別々にも読めるといふところに工夫があつて、辻さんの詩の書き方の巧まざる技巧の冴えに感服したのであつたが、どの位まで大学生の心にとどいたかは、かれらが辻さんの年齢に達しでもしないと判るまい。ほんとに惜しい人が逝つてしまつた。

世紀の変り目の三冊または三人選

世紀の変り目を意識することはないが、詩歌の世紀の変り目にあたつてゐることはよくわかる。オン・デマンド出版の歌集を二冊みた。グーテンベルク系の変種といへばそれですむやうにも思へるが、印刷だけでなく本造りまでふつうの個人がやつてしまへるといふのは、軽度の革命といへさうだ。手工業、マニファクチュアの世界へ、もう一度戻つたのかも知れない。詩集や歌集は、マニファクチュアの方が似合ふのだ。

ここ数箇月、つまり、世紀の変り目のところで、いろいろな動機にうながされて読んだ本のうち、詩にかかはるものをあげてみる。「読むべき」本ではなく、自分の執筆歴とか仕事のなりゆきとかにうながされて読むことになつた本だから、他人にすすめる意図は小さいと思つて下さい。

(一)は、平出隆の『左手日記例言』。
(二)は、吉本隆明の『言葉からの触手』。
(三)は、『石原吉郎全集』。

(一)は、今までこの本を知らなかつたので衝撃をうけた。読めば、誰でも、いい本だとわかる。同様に、長く系列として全部読んで来た詩人として荒川洋治の詩を推す気持は変らない。ここへ来て、荒川、平出と、二人がわたしの中で揃つた。この二人は処女詩集の時から同時代者として知つてゐた。
（二）については、吉本隆明『全集撰』の詩篇のところだけでは駄目だといふことである。いま、わたしの感じでは、詩人の仕事は、全仕事としてみられねばならず、仕事の内部のジャンル分けなんて無いのである。『源実朝』も『イメージ論』も『マチウ書試論』もみなわたしにとつて詩である。預言者風の詩人は、戦後の日本に少なくなかつたが、さういふ見方が衰弱してしまつた今こそ、この観点から見直して行く。その時『言葉からの触手』は、端的にいつて詩以外のなにものでもなく、しかも難解であつて、預言的である点で、すぐれてゐると思ふ。これから、わたしは、この本を読む（読みこむ）つもりなのだ。
（三）については、二十世紀の日本人の行動が大陸に及んだ時の、いちじるしい痕跡として石原吉郎のすべての仕事をあげたい。個々の詩や詩集では、駄目なのである。わたしは、或る偶然から、この全集を拾ひよみすることになつたが、これからも拾ひよみの度数をかさねて行きたい。「戦争と詩人」といふ形でくることが多いが、そんな狭い見方では何もわかつて来ない。民族の移動の痕跡を、旧満州からシベリア、中央アジアを経て日本（舞鶴、伊豆、東京、鎌倉など）へと辿つた一人の詩人として、石原吉郎を理解したいのであり、ある時代、ある場所にゐたら、わたし自身だつて、同じ運命に立たされたかも知れない。さういふ地理的、歴史的位置に、日本人は、今でも居つづけてゐると思ふのだ。
もしも、百年くらゐのスパンで考へるなら、わたしは、次の人をあげるだらう。詩集として名をあげよといはれれば（　）内の本の名をあげるだらう。

正岡子規（『病牀六尺』『竹の里歌』）

宮澤賢治（『春と修羅』）

斎藤茂吉（『赤光』『童馬漫語』）

この三人には、かなり完備した全集があるので、できれば、全集で読むべきだが、個人では仲々読めない。そこで、数人のグループで読まうと思つて、相手を探してゐるところである。なに、一人でもいいといふ人は、それでもいいし、読むことを考へて、全体像を組み立てることが大切で、全集を読み切ることなどは、二の次である。

戦後の詩歌から、三人を選ぶといふゲームになると、自分でも迷ひがふかくなる。さきに、平出、吉本、石原の三人をあげたが、あれらの人たちも、戦後の詩人である。しかし、吉本、石原両氏は、戦中にふかく関はつて生きて来た人たちである。

ごく最近読んだ詩集から名をあげるとしたら誰だらう。それも三人に絞つたらどうであらうか。

（1）北川透『黄果論』

（2）高橋睦郎『柵のむこう』

（3）小池昌代『もっとも官能的な部屋』

といふ三冊が、浮かび上つて来た。

北川さんは、短歌とはつきり距離をとつてゐる詩人。高橋さんは、短歌を書く詩人である。小池さんは、「乱詩の会」でご一しよしてゐるが『永遠に来ないバス』以来、その仕事を丁寧に読んで感銘をうけてゐる。

かういふ旧い友人や、知友の詩を、ゆつくりと考へながら読み込む。そして話し合ふ。さういふ場を作ることが、ネット時代サイバー文化時代に対抗する方法の一つではないかと思つてゐる。

縦書きと横書き　ブレヒトの独和対訳

インターネット系の詩歌はいづれ横書きになるだらう。たとへそれを縦書きに直ぐに転換できるとしても、最初から横書きに出たといふことは大きい。第一印象によつて人が人を、大かた認識するやうに、である。

仲間とは駅で別れろ、
朝、街にはいるとき上着のボタンをきちんととめろ、
ねぐらを探せ、たとえ仲間がノックしようとも、
開けるな、いいか、ドアは開けるな、
それよりまず
痕跡を消せ！

（ブレヒト「痕跡を消せ」）

『ドイツ名詩選』（岩波文庫）は、独和対訳。すべて横組みで、左頁ドイツ語、右頁日本語訳（この詩は檜山哲彦訳）である。全二十六行の詩の初めの六行をここでは縦に直して書き写した。ドイツ

語のアルファベット活字の印象に引きずられてゐるためかもしれないが、横組みの方が、詩に合つてゐると思ふ。初行を左から右へ眼でたどる時、下の行が数行分目に入つてゐる。そしてもう一度左へもどつて次行に入る。各行は上から下へ積み重なつてゐるので、気持も（心理上も）上から下へ、重力に随つて下りて行く。

縦書きの時は、一たん下まで行つて、上へもどる時に、眼は重力にさからふ。さからふ感じが、縦書きを読むときの、眼のリズムなのだらう。改行するといふ詩の技法は、このリズムを基本にしてゐる。一行から次行へうつる時のかすかな時間のズレが大事なのだ。そのズレが、かすかに重力にさからふ努力感だといふべきか。

横組みでは、一行から次行へは、重力に随つてななめ左方に眼を移動させ、いはばジグザグ（電光型）に、詩行を下りて行く。グーテンベルグ以来、ヨーロッパ系の人は、この方式で活字本を読んで来た。

東洋では、漢字圏では、縦に目が動き、ヨーロッパとは別の形をとつた。しかし、ここへ来て、東西の読字のリズムが、西の側に片よせられようとしてゐる。

ブレヒトの先の訳詩でも二十字以上になる詩行が上へ折り返し（一字下げて）二行になるのはみつともない。それに「痕跡を消せ！」といふ力強い終行は横書きの方が（日本語のときでも）いいやうに思へる。

そこまで、わたしのやうな守旧派の活字読みでさへ、慣らされてしまつた。これらの訳文も、横書きをはじめから予定して訳されてゐるのだらう。

短歌も、いづれ横書きが、活字美学を充分考慮しながら（たとへば三行書き、五行書きなどの分かち書きを混へて）試みられることになるだらう。その時、内容もまた、変つて行くかもしれない。たとへば、結句や初句の役割だつて、初行と終行として上から下へ重ねられるとなれば、古典和歌とはおのづから違つて来るのではあるまいか。

全詩集を見ながら考へたこと　『吉本隆明全詩集』

『吉本隆明全詩集』が届いて、あちらこちらを読んだり、すかして眺めたりしてゐる。
これは、一箇の物体のやうに、此処に在るので、まつたく〈商品〉には見えないのであるが、ちやんと定価がついてゐる。定価の数字も、なにやらデザインめいてゐる。机の上には置けないし、開けないので、ふとんやじゆうたんの上へ、置いて開いて、喜んでゐるところだ。「草莽」といふ、一九四四年、二十歳のときの詩篇がある。透明な、純粋な祈りの詩である。尊敬してゐた先行者たちの影なんてものは、どうでもいい。

アヽソレ愚禿親ランノ
　生レヲツラツラ慮ヘルニ
ドウヤラ貧ボウ人ゲンノ
スコシオロカナ子ナリケリ
（「親鸞和讃」）

かういふ詩が、わたしの心にしみる。

背棄よお前は悲しいものではないか
背棄よお前は悲しいものではないか

（「背棄」）

といふ言葉も、直接にこちらの心のどこかに届いてゐる。「初期詩篇」は、すべて、生と死にかかはる思索と信念の告白のやうに思へて、この直接性が、わたしには快い。このあとに続く、厖大な散文や詩のことを考へる必要はない。

「野性時代」連作詩篇を、まとめてコピイしてもらつて読んでゐたことがあつた。一九八〇年代のはじめのころのことだつたらう。発表されたのが「野性時代」といふ、エンターテインメントの側の雑誌だつたからといふこともあつたらうが、吉本さんはここでは、かなり判りやすい形で、詩を書いてゐる。その明るい諧調が、わたしは好きだつた。「吉本隆明私鈔」といふ連載ものを、「現代詩手帖」に、とびとびに書きながら、深傷を癒すやうな歳月を送つてゐたころだつたから、余計にさう思つたのかも知れない。一つ一つの詩に、覚えはないので、今度、この『全詩集』でたしかめながら読むのが、たのしみなのである。

言葉をひとつずつ水底に沈める
岩角で削り　砂に噴霧する

作業のため「欅」という舟で
河をくだった　河についてては
ふたつのちがった視方がある　ひとつは
水の墓へゆく小さな徑

（「欅」という舟」）

かういふ詩の冒頭を読むと、さてこの「舟」はどこへ行くのか、気になるではないか。

魚はエロスの部屋にはいる
ちびた鉛筆のさきに　言葉が
ひとつひとつ水の肩をつくる
視えない母の衣がおちる

といふ風に、終るのである。この連載詩を、あはせてあつめて、『記号の森の伝説歌』が作られて出版されたときには、原詩の好むものとして、口惜しく思つたのだつたが、今度は、また違つた気分で、原詩を材料にしてどのやうに構築されたのかに、興味をうつすことになるだらう。

『言葉からの触手』が、ここに収録されたのは、当然のこととはいへ、ありがたいことであつた。

いまでもわたしたちは、どこかにあり、どんなひとがそこにいて、どんなメカニズムで動いているのかわからない架空の装置から命令され、指導され、その声のままによかれあしかれ従属している部分と、そんな声など聞えもしないし、まったく不関的《イナート》だという部分とに分割されている。

これは『言葉からの触手』の最終章の書き出しの部分である。一つの深い思索があり、その思ひが、次々に深化し、また思ひつくままに変化して、意外なところへ辿りつく過程が、どの章にもある。考へるといふことはかういふことだつたと思はせるものがあり、それは、あはただしい日常の中へ、一つの大きな非日常を持ち込むことで、それを習慣化してゐる人がここにたしかに居るのだと思ふと、うれしくなるのである。

もう一度、『言葉からの触手』を読みながら、自分自身の書きものを進めてみようかといふ気持になる。それと、昔から思つてゐることだが、『マチウ書試論』を、長い長い思索と読書からみちびき出された、もう一つの「言葉からの触手」だつたのではないかといふ直観的な把握を、わたしは抱きつづけてゐるのだが、あるいは『マチウ書試論』を、「初期詩篇」と結びつけて読むやうな読み方ができるのかも知れないと、この大きな『全詩集』の頁をひるがへしながら、考へたのである。「達成感を持つこともないまま」と吉本さんは言ふし、「詩人を中絶した思いで自分をなだめてきたわたし」とも言ふのだが、「達成感」などないのが、詩篇の本質なのに違ひないのである。

『邪宗門』の中の一篇

北原白秋

いろいろな詩や歌に、注釈をつけて毎日をすごしてゐる。百年ぐらゐ前の詩について書くこともあるし、いま出来たばかりの歌について解説することもあるが、百年前といふことになると、文語がかなりまじつてゐるから、ことばの注釈が先に立つてしまふ。わたしの注釈のよみ手は、誰でもいいのだが、漠然と、詩歌に詳しくはない人々を予想して書いてゐる。しかし、より切実には、自分自身を納得させるために書いてゐるのだ。

赤子

北原白秋

赤子啼く、
　急《はや》き瀬の中《うち》。
壁重き女囚《ぢょしう》の牢獄《ひとや》、
鉄の門、

淫慾の蛇の紋章。

くわとおびえ、
水に、落日《いりひ》に、
照りかへし、
　黄ばむひととき。

赤子啼く、
　急き瀬の中。

これは白秋の処女詩集『邪宗門』（明治四十二（一九〇九）年）の中の、あまり有名ではない詩だ。しかし、『邪宗門』を、ぱらぱらと拾ひ読みしてゐて、つい足をとめたくなつた詩の一つである。なぜだらう。

一九〇八年の六月に作つた詩で、白秋二十三歳である。注釈家の注釈を先に読むのはよくないのであるが、つい目に入つてしまつたので書くと、この詩の一行目を「泡立ち流れる瀬の音に赤子の泣く幻聴を聞いたもの。」といふ風に書いてゐる（河村政敏）。さうもとれることは認めるが、反対に、これは赤ん坊の泣き声の、あのせりあげるやうな烈しい泣き声の中に、急流のイメージを思ひうかべたととる方が、より自然なのではないか。このころ白秋は、上京して四年目、牛込北山伏町に住んでゐた。（かれはしばしば転居したことで有名である。）

赤ん坊が泣く声に、連想した「瀬の音」は、東京にさういふ川が流れてゐたかどうかとは関係なく、田園的なイメージである。火のついたやうに泣く、とは、よく用いられる比喩だが、急流の音にたとへたのは、白秋らしい美化といへる。

ところで、そのあとに三行をついやしてゐる牢獄のイメージはなんだらう。「女囚」とあるから（「女囚携帯乳児の墓」といふ斎藤茂吉の歌を思ひ出して）この赤子は女囚が牢内で生んだ赤子かも知れないと連想する。「淫慾」と結びつければ、女囚は、淫らな愛の結果として、妊娠したまま囚はれたのである。この牢はどこでもいいが、当時巣鴨にあつた巣鴨監獄のことを思つてもわるくないだらう。

白秋自身が、「おかる勘平」（詩）によつて風俗壊乱を問はれて「屋上庭園」を発禁になるのは一九一〇年だし、人妻との姦通罪で市ケ谷の未決監に入るのは一九一二年だから、それより大分まへのことである。

だからこれは、単なる空想の所産かもしれない。また、西欧の文学からの影響かもしれない。しかし『邪宗門』といふ詩集は、どこかしら罪の匂ひのする本である。自ら、邪宗の徒となつて、むしろ邪宗（白秋の場合は、詩や文芸の、耽美的頽唐的、つまり反社会的なことを自認して、それに身を投ずることが、すなはち邪宗の徒となることだつた）を肯定したのである。

「くわとおびえ」の「くわと」は、「かつと」ではなく、まさに「く・わ」と発音すべきところである。「突然に」といふ意味であるが、叫びをあげるやうなあんばいの「おびえ」である。誰がおびえるのか。作者であらう。あるいは作品の主体であらう。赤子の声、それも「女囚」の獄からきこえる赤子の声に、淫慾の結末をおもひ、自分自身の中にもある淫慾に思ひやつて、「くわとおびえ」て外をながめると「水に、落日に」（これは、かはつた語法だが、水の上に入り日の照りかへしがある意だらう）「黄ばむ」水面がみえる。（これが初行の「瀬の音」とかかはるとすれば、そこに一つの流水を予想しなければならないが）この入り日に照る水は、もつと広い川面や池の面を思はせる。

なほ、この詩の音数律は「5・7∥5・7／5／5・7∥5／7／5／7∥5／7」であつて、5・7調が基本で、7・5調ではないことに留意したい。つまり、なだらかではなく、なにかを主張するリズムである。

といつた風に、考へ考へ書いてみたのだが、これが現代の、赤ん坊を抱いた母親や父親のいら立ちのやうな感情と、どこかで交はるかどうかといふ点になると、一向に自信はないのである。

「囈語」の裏の真実

山村暮鳥

友人の宗教思想史家笠原芳光氏と、山村暮鳥の詩について論争めいたことをした。この四月に芦屋市で行はれた公開対談の時であつた。対象は、よく知られた「囈語」といふ詩であつた。

竊盗金魚
強盗喇叭
恐喝胡弓
賭博ねこ
詐欺更紗
瀆職天鵞絨《びらうど》
姦淫林檎
傷害雲雀《ひばり》
殺人ちゆりつぷ
堕胎陰影

騒擾ゆき
放火まるめろ
誘拐かすてえら。

全部で十三行である。笠原氏は、この詩を解説しようとして、まづ、私の『詩歌の近代』（岩波書店）における、此の詩の評釈が不徹底でもの足りないと申された。そして自己の独自の見解を示すにあたり、此の詩が十二行から成る点に注目せよと言はれた。

ところが此の詩は、十三行であつて十二行ではなかつたので、その点を私が指摘すると、すこしひるんだ語勢にはなられたが、すぐに盛りかへして来られた。十二とか十三にこだはるのは、聖書や、ダンテ『神曲』にある十二の悪徳表から、此の詩の各行の上部二字（たとへば強盗とか詐欺とかいふところ）が出て来てゐるからだといふのである。

一見すると無作為に、思ひつきめいた手つきでくり出されてくる悪徳に、キリスト教文献的な根拠があるといふのである。

此の詩を含む、『聖三稜玻璃』といふ詩集は、その斬新な手法で当時の詩壇をおどろかせた。とりわけ、巻頭の「囈語」と、巻末ちかくの「風景——純銀もざいく」と題された詩（「いちめんのなのはな」が七行つづくひら仮名の詩）が、衝撃的だったといはれ、事実今読んでもさうである。ただし「風景」は一読してよくわかるが、「囈語」は、たとへば「竊盗」に対して、なぜ「金魚」が付くのか。「誘拐」は「かすてえら」となぜ結び合はされるかが、謎である。そもそも、罪（笠原氏の言ひ方では、悪徳である）の名と、下に付く「ねこ」「更紗」「林檎」等は、対照（コントラスト）をなすのか。全く関係のない二物が（詩法によって）衝撃し合ふのであるか。それとも、前者は後者の（あるいは逆に、後者が前者の）解説をしてゐると見るべきか。この点は、たぶん、読者一人一人で受容が違ふのだらう。例によつて、幾人かの先人の、（注釈といふのではないが）感想を参考にしてみると、どうも、あいまいである。とりわけ詩人たちは、詩法上のあたらしさを言ひ立てるのに急で、内容の倫理性（倫理性といふより悪徳の画かれ方）には、ほとんど言及しないのが目につく。

そこで、此の詩を、聖公会の伝道師（つまりキリスト教の一派の牧会者）であつた暮鳥（いな、本名志村八九十《はつくじう》）の、信仰告白の一端として読むといふ見方が出てくる。これを、私的な宗教詩として読んでみようといふわけだ。笠原氏と私は、そのあたりに焦点をしぼつて議論してもよかつたのだが、公開対談といふ場のせいか、それともあまりにも深刻な問題に、もつれ込むおそれがあつたためか、話は深まらなかつた。

暮鳥は「半面自伝」によると、十代後期に、さまざまな職業を「転々流れながれた」といふし「女を知り、物を盗み、一椀の食物を乞ふたことすらある」と書いてゐる。これは「半面」の「自伝」であるから、もし全面告白すれば、もつとひどい悪徳を犯してゐるかも知れない。『ドストエフスキー書簡集』の翻訳（たぶん重訳だらう）もあるといふし、たぶん人間の犯す悪徳と、その罰については暮鳥自身深く思ひめぐらしたことだらう。事実、すこし考へれば、ここにあげられてゐる悪徳は（「殺人」とか「放火」とかを、比喩的にとるなら）私たちにことごとく親しい悪徳ではないのか。

それでは「金魚」にはじまり「かすてえら」に終る十三箇の、(悪徳に対応させられてゐる)、明るくて、無垢な物件は、なんなのであらう。殺人を犯してしまつたが、それを痛切に後悔してゐる志村牧師の眼に「ちゆうりつぷ」が突然うかんできたのであるか。「堕胎」に対する「陰影」といふのは、少々語るに落ちた説明ではないのか。「姦淫」について「林檎」を出すのは、(あの対談のときにも笠原氏が申されたやうに)、イヴの楽園における林檎を容易に思はせるだけ、詩語としては、ゆるいのではないか。

それに「騒擾」は、なぜ「ゆき」を伴ふのであらうか。「金魚」「ねこ」「雲雀」といふ三個の動物の意味はなんなのか。

さういへば、「金魚」等の下部の単語は互換性があるやうにもみえる。声にとなへたときの調子のよさが大事で、意味などどうでもよかつたとも思へてくる。

現実に、もし、私が、これらの悪徳を犯したときのことを考へてみよ。頭をかかへてうづくまり、天に祈るかも知れない。

その時に、やはらかく、うつくしく、ひびきのよい、いはば詩語でありさへすれば、なんでもいいので、それを「いちめんのなのはな」を七回となへるやうに、となへながら罪のゆるしを乞ふのではないか。各行下部の単語の恣意性は、つまり、美しければよい、けがれてゐなければよいといふ条件下で思ひつかれた、浄化装置だつたのではないか。私たちは、詩を、現実の行為に対応させるとき、しばしばこのやうな捨てつぱちな所業に出るのではないか。「囈語(うはごと)」

とは、さういふ含みをもつたタイトルだつたかも知れぬのだ。

バスは「永遠に来ない」のか　小池昌代『永遠に来ないバス』

詩人の――といっていいか、今や、散文作家でもある、小池昌代さんと対談した。短歌結社の夏期集会でのことで、聴衆は皆歌を作る人だから、詩や詩人のことはほとんど知らない。なかば、紹介するふりをして、小池さんの最近の詩や短篇小説について本人に訊《き》いた。

ヴィスワヴァ・シンボルスカに「顫え」といふ詩がある。「詩人と作家。／そんなふうに言われる。／つまり詩人は作家でない、とすれば何者――」と続いて「散文中にはすべてがあってよく、詩もまた含む／しかし詩には詩しかあってならない――」となる。ポーランドでも、詩と散文は、対立したり包摂と排除の関係に立つたりするらしい。シンボルスカの「顫え」は、このあと少しむづかしい詩行に入っていくのだが、今日は小池昌代の詩が話題だ。

『永遠に来ないバス』（一九九七年、思潮社）の「永遠に来ないバス」を読む。この詩集は、わたしは何度も読んでゐるのだが、その度に新鮮な印象をうける。

この詩は「朝、バスを待っていた／つつじが咲いている／都営バスはなかなか来ないのだ／三人、四人と待つひとが増えていく／五月のバスはなかなか来ないのだ」といふ風に始まるので、朝のバスを待つてゐるときの話かと安心して読み進まうとするが、もう始めからちよつと変なのである。そのことにわたしたちはあとから気がつく。大体、タイトルから言つてバスは、「永遠に来ない」筈じゃないのか。また、「都営バス」だけが「なかなか来ない」といふのも、心理的には本当かもしれないが事実としては嘘だらう。

この詩について人の書いたものを読むと、

　するとようやくやってくるだろう
　橋の向こうからみどりのきれはしが
　どんどんふくらんでバスになって走ってくる

といふ描写に惹かれてゐるやうだ。それは確かに見事な描写で、かういふ描き取り方が、小池さんの『感光生活』(短篇小説)やエッセイ集の細部を、きは立たせてゐるのも本当である。バスは、かくして「来ない」のではなく、「なかなか来ない」だけで、現実には来てしまふわけだから「待ち続けたきつい目をほっとほどいて／五人、六人が停留所へ寄る／六人、七人、首をたれて乗車する」といふことになる。しかし、この詩は、さういふ通勤者の、東京都のどこかの、朝のバス待ち風景の、観察と描写が主題ではない。

　待ち続けたものが来ることはふしぎだ
　来ないものを待つことがわたしの仕事だから

といふ詩行は、そのことを語る。バスは、詩の主人公が「待ち続けたもの」ではなかつた。待ち続けてゐるのは「永遠に来ないバス」なのであり、バスに仮託された「希望のようなもの」である。

乗車したあとにふと気がつくのだ
歩み寄らずに乗り遅れた女が
停留所で、まだ一人、待っているだろう

といふ、その「乗り遅れた女」は、詩のもう一人の主人公である。「歩み寄らずに」とあるから、やつとやつて来たバス、「橋の向こうからせり上がってくる／それは、いつか、希望のようなものだった」といふバスは、いつはりの「希望」とも見えて、歩み寄らなかつたのだ。

泥のついたスカートが風にまくれあがり
見送るうちに陽は曇ったり晴れたり

といふわけで、わざと乗り遅れた「女」は、主人公が、乗つたバスの中から、「乗車したあとに」気がついて観察してゐる、もう一人の自分なのである。

そして今日の朝も空へ向かって
埃っぽい町の煙突はのび
そこからひきさかれて
ただ、明るい次の駅へ
わたしたちが
おとなしく
はこばれていく

かうして詩は終る。「永遠に来ないバス」を待ちながら、来てしまつたバスに、ついつられて乗つてしまつた「わたしたち」の中にも、別段さうあはてたりはしない小池昌代がゐる。一九五九年東京下町生まれの小池さんの書く風景は、どこか一時代ずらしてあるやうにレトロでなつかしく、「埃っぽい町の煙突」とか「橋の向こうからせり上がってくる」みどり色の都営バスなんども、今はもうないのであらう。しかし「永遠に来ないバス」を待つてゐる作中主人公に、わたしたちを重ね合はせて読むことは容易なのだ。

『旅人かへらず』通読

「静岡連詩の会」に参加して大岡信・谷川俊太郎・井上輝夫・平田俊子の各氏とホテルにこもつて丸三日間詩を作つた。連詩だから自分の番がすんだあとは苦吟する人の間で（おしゃべりもするが）黙って西脇順三郎『旅人かへらず』を読んでゐた。

『旅人かへらず』は全一六八篇の比較的短い詩（中には一行の詩もある）の連鎖である。短詩のコツみたいなものに親しく触れたい気もあつたし、この際全篇を久しぶりに通読してみたかつた。今度の連詩も、三行または五行の短詩を作り合ふ作業であつた。それに、『旅人かへらず』は、西脇の日本の古典へ回帰する時期の詩だと思へば、独吟一六八句としても読めさうであつた。

因みに、西脇の詩には、従来、堀田善衞などから強い否定論が放たれてゐることは承知してゐるが、わたしは『Ambarvalia』と『旅人かへらず』は、すぐれた詩集として尊重してゐる。

若い頃には「窓に／うす明りのつく／人の世の淋しき」（二）とか「梨の花が散る時分／松の枝を分けながら／山寺の坊主のところへ遊びに行く／都に住める女のもとに行つて留守／寺男から甘酒をもらつて飲んだ／淋しきものは我身なりけり」（一三）なんてのをにやにやしながら喜んで読んでゐた。その時は、この「窓」とか「山寺」とかを、鎌倉あたりにあると想定した詩人の居所につなげてゐたのであつた。しかし、実際は違つてゐたのだ。この頃西脇は、戦争末期の疎開で郷里の新潟県小千谷に帰つてゐたのだ。

『旅人かへらず』は、小千谷の生活（それは「都」における大学教授としての仕事から離れた隠者の暮らしであるが）から発想された詩と、「都」での過去の生活の回想とがないまぜになつて出来てゐる。都鄙の問答であり、過去と現在の対話でもある。西脇は小千谷に居て安住せず、「都」へ帰りたかつた。この詩集には「幻影の人と女」と題する、テーマ解説のやうな「はしがき」があるので、読者は「幻影の人」とか「永劫の旅人」とかいつた作者の言葉に引きずられる。しかしそれは違ふ。「はしがき」は全詩が書かれてから書き足された。詩とは、そんなテーマ整合性を持つ作物ではなからう。

むしろ、郷里への疎開者が「都」を想つて歎いた詩の連作といふのが、今度、通読しながら思ひついた詩集のモチーフであつた。

四五

あけてある窓の淋しき

四六

武蔵野を歩いてゐたあの頃
秋が来る度に
黄色い古さびた溜息の
くぬぎの葉をふむその音を
明日のちぎりと
昔のことを憶ふ
二三枚の楢の葉とくぬぎの葉を
家にもち帰り机の上に置き
一時野をしのぶこともあつた
また枯木の枝をよくみれば
既に赤み帯びた芽がすくみ出てゐる
冬の初めに春はすでに深い
樹の芽の淋しき

こんなところを拾ひ出してみてもよい。西脇が、郷里に疎開したのは一九四四年（昭和十九年）十二月で、「年譜」（新倉俊一編）によると『旅人かへらず』の構想は、一九四六年五十一歳のとき郷里小千谷でなされた。それまで七、八年は詩作をやめてゐた。

いま書き出してみた「四五」と「四六」の（連句でいへば）付け合はせの具合をみるとモノや

テーマで付けたといふより「匂ひ付け」の呼吸であらう。「あけてある窓の淋しき」の『窓』は、『旅人かへらず』のキイワードの一つだが、窓そのものの建築上の機能といふより、一つの心象、つまり景色のやうに生物のやうに、そこに在るものだ。そこから「武蔵野を歩いてゐたあの頃」へ飛躍する。飛躍とはいふが、「窓」は、小千谷でも鎌倉でも「都」でも武蔵野の農家でも見られるであらうから、さう不思議な連想ではない。むしろ「武蔵野」といふ、まことに漠然とした土地の指定がおもしろいところだ。現実の西脇は、戦前は渋谷区宇田川町に住んでゐて、昭和十七年に一時鎌倉市の服部禎三方に仮寓してゐた。今と違つて都内だつてあちらこちらに、往昔の武蔵野の面影は残つてゐただらう。（戦後、昭和二十五年にわたしが上京したころだつて渋谷新宿界隈にそれらしい林や山がなかつたわけではなかつたのを思ひ出してゐる。）「くぬぎの葉をふむその音を」「明日のちぎりと」おもつて——とは、くぬぎの葉を踏むにつけても、それを機縁として、未来のいのちをおもひ、また「昔のこと」もおもふのであらう。この辺は詩のレトリツクだから、あいまいでいいのである。

このあたりの秋の武蔵野は、おのづから小千谷の早い冬の訪れと重なり合つてゐてもおかしくない。「枯木の枝」に冬芽を見出した時の「冬の初めに春はすでに深い」といふ詩句は、すぐれてゐる。ここでは、過去とつながりながら、未来へ、つまりは都へ帰るべき時への希望が語られてゐる。『旅人かへらず』が構想された一九四六年ごろの詩人の心境を示してゐるのである。

「四七」は「四六」に続く八行の詩である。

百草園の馬之助さんは
どうしたかな
春はまだ浅かつた
山の麓の家で嫁どりがあつた
坂をのぼつてみると
こぶしの花が真白く咲いてゐた
仏陀の雲のちぎれ
西の山に日の光りさす

季が一気に春に移つて回想と現実が縹渺と混在する。

谷川俊太郎の短歌及び短歌観

谷川俊太郎の詩も散文も、伝染性が強い微生物のやうなところがある。読んでゐるうちに真似して書くことになる。うつりやすいので、たぶん多くの人が、気がつかないままにさうなってゐるのだらう。今度、谷川さんの散文選抄といった三冊を、ほしいままに読み齧りながら、次第にうつされるものを感じた。

一応、専門といふことになってゐるので「生誕について――短歌」（『詩を書く』）を取り上げてみる。一応専門家だといったのは、専門といふのは突つ込めば突つ込むほど専門家としての自信はなくなるやうに出来てゐると思ってゐるからで、これは今は離れてしまつたが生業だった職業の方でもさう思つた。だからこの谷川さんの五首（今度はじめて読んだ）についての感想も刻々に揺らぐところがある。

建物は実にかすかに揺れているそのことだけに気がついている

これが五首のうちの一首目。わたしにとっては、このなんでもなさがよかつた。「生誕について」といふテーマは与へられたものだといふことだが、「建物」の揺れが、なにかの「生誕」の比喩（さう露はなものでないが）として読めるのである。もう一つ挙げると、

　本棚にプランクトンの本があるこの一刻は無へと近づく

といふのが、現代短歌のあちらこちらで見かける歌とどこか似てゐて、質的にも高いやうに思へた。「プランクトン」が「本」の主題であると同時に、プランクトン氏の著書（またはプランクトン君から借りた本）といつた人名を思はせ、また、さうした連想は、作者が谷川俊太郎だと思つて読むから出て来るので、谷川さんには固有名詞を使つたたくさんの詩がある（たとえば「うぇーべるん」）から、さう思ふのかもしれない。短歌が一行詩だといふのは、たしかに多行詩ではないといふ意味ではさうで一応一行で完結してはゐる。しかし、たとへばこの「生誕について」でも五行並んで一つの詩になつてゐるし、作者名やタイトルだつて詩の大事な構成要素だ。一行詩といふ名にまどはされてはいけないのであらう。（あとの三首には、わたしには、自由詩の側へ逸脱しかかつてゐる部分が見えて、短歌といふより詩の中の一行をとり出したやうな印象をうけた。）

　昔、谷川さんもわたしも二十代だつたころ一度座談会で会つたことがあつた。その時か、別の時か忘れたが、谷川さんは「五、七、五、七のリズムは、わかるんだけれど、それが、五、七、五、七、七で終らなければならないといふのがわからない」といつた内容のことを言つた。いま

だに覚えてゐるのは、「いかにも」と思つたからでもあり、また、「五、七、五、七、七」を平素書くべく運命づけられてゐる（と錯覚してゐた）自分を省みて違和感を感じたからだらう。「七・五肉声の魔」（『詩を考える』）といふ一文は『現代歌人朗読集成』（大修館書店）を聴いたときの感想で「カタルシスをもたらしてくれるたぐいのものでなくて、むしろぼくを考えこませてしまう態のものだ」とか、「若い歌人であればあるほど、朗読が内向的になってゆく、朗詠と言っていいものから、黙読の最小限の肉声化とも言うべきものに変ってゆく」とかいつたところに、わたしは共感を覚えた。わたしも、あの朗読集には、若い方の歌人の一人として参加してゐたのだが、谷川さんの言ふ「単に快いだけのものでもない、おぞましさ、恐怖、滑稽感、さらには一種猥褻なものまで含みこんだ、異様とも言える感動」といふのも、とてもよくわかつて、あの「朗読集成」は、まともに聴いたことがなかつた。（今も、手許から失はれてゐるままだ。）

どうしてさうなるのだらうか。なにか別の朗読のしかたもあるのではないか。そんな思ひが、たぶん（思ひもかけない偶然から）一九九八年から現在まで、数人の同志と一しょに短歌の朗読（朗誦でも朗詠でもないが、かといつて多少の抑揚や強勢はつける）の試みを続けさせて来たのだと思ふ。そして谷川俊太郎の詩の自作朗読は、なまでもテープでもテレビでも、たくさん聴いたから、あの独特のリズムづくりは、おそらく自分で短歌連作（大てい二十首の新作を、テキストを見せないで朗読するのだが）を朗読するときにも、影響をうけてゐるだらう。影響されてゐればうれしいのだが、と思つてさへゐる。そのときに『現代歌人朗読集成』を聴いたときに感じた、「うわあ、これはたまらない、おどろおどろしい、〈肉声の魔〉」と思つたのが、今の自分の朗読にあつては、どんな変容をとげてゐるのか、それともゐないのか、そんなことを考へる。といふのも自分の自作朗読は自分では決して聴衆として聴くことが出来ないからなのである。

谷川俊太郎の「五行」について

詩の行数といふものは、詩にとつてなんだらうか。漢詩では、四行、八行は定型のやうに思はれる。ヨーロッパの詩には十四行詩があるが、十四行であると共に、一行のシラブルの数がきまつてゐるやうで、かうなると行数だけが問題ではない。

書き出さうとして頭の中で詩のことばをととのへてゐるときに、五行詩だとか、四行詩だとか十四行詩だとかいふ意識は、どんな具合に働くのか。わたしの乏しい経験に照らして断定すると、五行詩のときは、四行目五行目で寄せ切るといふか、落とすといふか、さういふ意識がはじめからあり、三行ぐらゐ書いたあたりで、寄せの意識があらはになるのではなからうか。

谷川俊太郎に「五行」といふタイトルの詩がある。詩集『夜のミッキー・マウス』（二〇〇三年刊）に入つてゐる。一節一節はなるほど五行で出来てゐる。しかし、「五行」は、五行の章節を十箇あはせて詩にしたものである。はじめの五行は、次のやうなものである。

遠くで海が逆光に輝いている　と書けるのは
私がホテルの二十五階にいるからだ

高みにいると細部はなかなか見えないものだが
神は高みにいたくせにどうやって細部に宿れたんだ
悪魔の助けを借りなかったとは言わせないぞ

この詩を「五行」と名づけたのは、仮にさう言つたまでで、五行づつの詩を十箇あつめて初めて一つの情景をうかび上がらせてゐるのだから、五十行の詩なのである。とはいへ、五行が、一つの単位となつてゐて、「細部」の一つを画いてゐるのもたしかである。練達した技法の持ち主である谷川は、五行といふ単位を上手に使つてゐる。しかし、詩は書いてゐるうちに思いもかけない方向へさまよひ出るところがおもしろい。はじめから最終行まで頭にうかんでゐる人もなかにはゐるかも知れないが、それではおもしろくないだらう。

次の五行は、一転して「私」の話から「女」の話へと移る。

＊(注——節の間にこの記号がある)
老眼鏡をかけて本を読む女の顔のあたりに
うるさい蠅のように言葉が群がっている
それらは事実も真実も語りはしない
かと言って面白い法螺を吹くわけでもないのだ
ただ蛆のうごめく暗がりにまた帰って行くだけ

二十五階から海を見下ろして「神」を連想してゐた「私」の筈であつたが、なんと「女」がそばにゐたのか、と一瞬思ふが、書き方に覚めた眼を感ずるので、ここは、現在の話ではないらしいとあたりをつけて読み進むと、第四節になつて次のやうな展開を生む。

なにかもの静かなものを思い描こうとして
台所の棚に口の欠けた急須が残っていたのを思い出した
そこからの連想で昔の恋人のことが心に浮かんだが
その人に対する責任はもう時効になったと考えている私は
この詩の中の私で現実の私ではない

第三節をとばして読んでゐるので「昔の恋人」と、第二節の「老眼鏡をかけて本を読む女」とが、同一人物のやうに読まれてしまふかも知れないが、そこは一応、五行一節づつで独立した内心の呟きのやうなものとして読んだ方がいいのである。それにしても「老眼鏡」とか「蠅」（直接には「言葉」の喩だが）とか「蛆」とか、「口の欠けた急須」とかいふ事物は「詩の中の私」の悔恨とか未練とかいら立ちとかいつたものを暗示する道具である。そして、第一節の、高い所からの眺めといふのは、かうした女との過去の生活への、今やつと得ることのできた視点を示してゐるのかも知れない。そこに「悪魔」をもち出して「神」をからかつてみせた意味も出てくるのだらう。

　どの詩行も、字数（音数）は一定してはゐないが、大体二十字内外といつたあたりに限られてゐる。もち論一行で切れてゐるわけではなく、第四節の四行目から五行目などは、二行つながつて一つの意味を完結してゐるやうに思はれる。短歌でいふと連作といふ手法に似てゐて、一人で行なふ〈連詩〉（連句の独吟と同じもの）と見ていいのだらう。

　今は、一、二、四節の三つを出してみただけだが、どの節も、第三行目が、起承転結の「転」のはたらきをしてゐて、四行目でつなぎ、五行目で結んでゐる。

　この詩のテーマは（もしそれがあるとしてのことだが）「詩の中の私」によつて語られた、男と女――それも若くはない両性同士の関係にあり、それを「現実の私」が、すこし高いところから見てゐるといつた構図にあらう。もつとも、実は、それは逆なのかも知れず「現実の私」の細部を「詩の中の私」が「悪魔」の手を借りて、「神」のやうに、詩に転化してゐるのかも知れない。

　全十節から成る「五行」といふタイトルの詩の中では、第七節が、もつとも早口に語られてゐて異色であり、難解（わざとさうしてゐるやうであるが）なだけに生彩に富み、ここが、詩全体では、「転」の部分かと思はれる。

鬱の朝九時は鬱の夜九時とさして変わらず
通販で買った朝ではないから消費できない
太陽は生殺与奪の権を握っているくせに濃い笑顔

皿の上の塩鮭よ　急流を遡ったことを覚えているか
インク香る朝刊よ　偽善を定義せよ

この第七節は、これだけで独立した五行みたいに「現実の私」の或る日の「朝」を描写してゐるみたいだが、決してこれだけで完結してゐるのではなく、「五行」の、この節に先行する男女の心の中へ、さし挟まれなければ、充分には機能しないやうな一節なのであり、つづく第八節以下への中継所になつてゐるのだ。

俳句あれこれ

『人生が見えるから俳句は面白い』（小島哲夫）を読んでゐると、俳句の面白さは作者の人物や経歴がらみだといふことがよくわかる。この本の著者は学生のころ俳人野澤節子主宰の結社「藺」の雑務をするアルバイトをしてゐたといふ。以来三十年、節子の話をきいて来た。「五十代の節子は、（脊椎）カリエスから回復し、句会の指導や添削といった仕事や旅に追われる毎日であった」（小島）。

われ病めり今宵一匹の蜘蛛も宥《ゆる》さず
見えてゐる野薔薇のあたりいつ行けむ

これらは、節子の初期の句集『未明音』にある句。十二歳のときに脊椎カリエスを病み以後二十五年は家に閉じこもつたきりの生活だつたと知つてはじめて「一匹の蜘蛛も宥さず」の怒りも、「いつ行けむ（いつの日になつたら行くことができるだらう）」といふ翹望の思ひの強さもわかるといふものだ。さうでないと、これらの句を、単なる浪漫的な心象と読みまちがへてしまふ。むろん、さういふ〈読み〉もあつていいが、野澤節子の人生がらみで読んだ方が、句は深くなる。「春昼の指とどまれば琴も止む」「冬の日や臥して見あぐる琴の丈《たけ》」のやうな、なんでもない句でも、病臥の人がわづかに弾き試みて心をやつてゐた琴なのだと思ふと、忘れがたい句になる。

小島氏は、この本で何人もの「私が出会った俳人たち」を書いてゐる。しかし中でも巻頭に据ゑられた節子論が光つてゐるのは、書き手と俳人の距離の近さによるのだらう。

このところ明治大正の句集を『現代俳句集成』（河出書房新社）の第三巻第四巻第五巻あたりで読んでゐる。同時代の詩や短歌は、今でもいろいろ言はれるし、この連載でもとり上げて来た。鷗外や杢太郎や白秋や茂吉たちの同時代に、どんな俳人が居て、どんな句を作つてゐたのか。知りたくなるではないか。通史のたぐひにたよらず、なるべく句集そのものに当りたい。となると『集成』のやうな句集（抄の場合もあるが）を集めた本による外ない。

角田竹冷《つのだちくれい》（一八五七―一九一九）といふ人が居た（らしい。今まで知らなかった）。『竹冷句鈔』（大正九（一九二〇）年刊）を読むと、

案内者《あないしや》の霜解道《しもどけみち》に出たりけり
代り来て敷居に坐る女かな
傘さして小舟出しけり春の海

のやうな句に目がとまる。それは竹冷が、安政四年生まれの人で弁護士の資格をもち、のちに政

界入りをしたとか、東京市会議員、衆議院議員、東京水道局長をつとめたとか、尾崎紅葉らと共に新派俳句のためつとめたとかいつた私的閲歴を読んだからであらう。わたしは、その存在さへおぼろな竹冷の句を読むときも、必ず、かういふ私歴を背景に置いて読むのである。無意識のうちに、「案内者の」などといふ句でも、官員さんの角田《かくた》真平（本名）議員の案内をつとめて、日かげの道から日のあたる「霜解道」へ出た瞬間の「案内者」とそのあとを行く作者の姿が、重なって来るのだ。「ここからは、お足もとにご注意を」「うむ、まだ遠いのかね目的地は」などといふ会話がきこえて来たりする。

「代り来て」は、古い季語「出代《でがはり》」である。奉公人が契約期間を終へて郷里にかへると、「代り」の人が来る。江戸では二月二日が「出代」の日だつたがのちに三月五日になつた。この句は、竹冷の家の奉公人の「代り来て」である。いつもとちがふ「女」が敷居に坐つて主人である作者に挨拶したのである。

大体、大正の終りから昭和以降、とくに「ホトトギス」雑詠欄の作者たちがにぎはひだしてから が現代俳句で、竹冷のころは、近世のなごりがまだ深くのこり、ふるめかしい。たしかにさういふ通説は正しいのだが、その中から、少しづつ新時代らしい句もまじつて来る。「傘さして」などと、何となくパラソルのやうな気もしてくる。「日傘」は夏の季語だから「春の海」と「春」を入れたのだらう。

いくつか挨拶句を紹介してみる。時事性はあるのだが、まづは通り一ぺんの挨拶に終つてゐるのは、竹冷の立場からいへば止むをえないともいへるし、鷗外晩年（鷗外も官の人であつた）と通ずるともいへる。

明治天皇崩御（七月三十日。この日烈日人畜草木の動くを見ず。）

うち伏して草の葉末も土用哉

伊藤博文公を悼む（明治四十二年十月）

秋の暮物打語る人もなし

正岡子規を悼む（明治三十五年九月）

入る月の残せし露の光かな

御大典（大正四年十一月）大正天皇の即位式。

此の年の此の秋のけふの晴れ〱《ばれ》し

大正九年十一月立太子式（注——のちの昭和天皇である）

口切やけふのよき日を京の水（注——「口切」は炉開きの時の儀式的茶会）

中也についての断想

中也には愛誦したくなる詩がたくさんある。予想外に、それはたくさんある。二冊の詩集（一冊は没後刊）にも、「未刊詩篇」と呼ばれてゐる中にも、あれもいい、これもいいと言ひたくなるのが次々に出てくる。その理由をちよつと考へてみた。一つは詩の形に統一がないから、多彩で飽きが来ないことがある。私は一つだけ「蛙声」（『在りし日の歌』）をあげて置かう。「天は地を蓋《おお》ひ、／そして、地には偶々《たまたま》池がある。／その池で今夜一と夜さ蛙は鳴く……／――あれは、何を鳴いてるのであらう？」と始まり、日本の湿潤さにふれる風土論のあとに「さて、それなのに夜が来れば蛙は鳴き、／その声は水面に走つて暗雲に迫る。」と結ぶ。「四季派」風の堂々たる季節詩だ。

ところが、そのすぐ前には「春日狂想」がある。「七・七調」のダダの発想が目立つ。「まるでこれでは、玩具《おもちや》の兵隊、／まるでこれでは、毎日、日曜。」つていつた具合に正統の抒情詩を愚弄してみせる。これも中也の得意芸の一つだ。そのすぐ前が「あゝ十二時のサイレンだ、サイレンだサイレンだ」（「正午」）であり、その二つ前に「冬の長門峡」がある。これはまた打つて変り啄木調の望郷の悲歌である。

詩の形、構成に一定の傾向がない。多様多彩に、たくさんの書き方をしてゐる。それでゐて、そんなに書き損じはない。つまり、中也は、巧い詩人である。初期の短歌からして巧みであつた。啄木や牧水の影響を云々されるけれど、中学生にしては、異常に完成した作品である。

冬去れよ梅が祈つてゐるからにおまへがゐては梅がこまるぞ
芸術を遊びごとだと思つてるその心こそあはれなりけれ
うねりうねるこの細路のかなたなる社の鳥居みえてさびしき
（「初期短歌」）

完成してゐると同時に、詩想が成熟してゐる。ただの物真似ではここまで行けない。

わたしは、今度、中也が十六歳で感動して読んだ『ダダイスト新吉の詩』（高橋新吉）の復刻版を読んだ。おもしろい詩集であるが、ある意味では退屈でもある。「ＤＡＤＡは一切を断言し否定する。」（「断言はダダイスト」）などと言ってしまふと、かへって詩は単調になる。新吉の詩は、ことごとく真面目である。「一九一一年集」は六十六篇の短詩の連作だが、（中に有名な「蝸牛は外聴道を歩るいてゐた」(47)とか「皿皿皿皿皿皿皿皿皿皿皿皿皿皿皿皿皿皿」で始まる(49)とか傑作も混じる）しかし、詩想（といふあいまいなことばを使ふが）が、ある型にはまつてゐる感じがする。中也は、たしかに「トタンがセンベイ食べて／春の日の夕暮は穏かです」（「春の日の夕暮」）などに、ダダ風の、抒情の否定を実行してはゐるが、その道一本直行といふわけぢやない。それも一つの方法といつた受けとめ方のやうにみえる。富永太郎経由のラムボオの影とか、同時代の詩人宮澤賢治への共感とか、いろいろな要素が複合して、中也の詩を作つてゐるから、読んでゐて飽きないのである。

わたしは角川書店版の新しい『全集』ではなく吉田凞生《ひろお》編の『中原中也全詩歌集』(講談社文芸文庫、上下二巻)で今度読んだが、はたして、中也は晩年(といっても二十代後期だが)にも、短歌をいくつか残してゐた。本当はもつとたくさん書いてゐたかも知れない。「孟夏谿行」の四首も、読点《とうてん》なんかついてゐるので短歌らしくみえないが、四首連作の歌である。「(日記より)」とある一九三四年の三首は自由律の短歌で口語の歌だが、なかなかのものである。引用しよう。

いろいろととやかう云はれ、夜はくだち、／夜の明け方に明星をみた
明星はかなしくかすみ暁風に／雲の彼方で吹かれ吹かれてゐた
その光うすれ風吹く夜明け方／天の御国に雲ははたたく

「天の御国」は、中也の心の中にあるキリスト教の残像でもあらう。中也の宗教を、先輩の高橋新吉は、禅とキリスト教の相克と解してゐるやうだ(「春風匝地《そうち》」)が、案外におもしろい問題かも知れない。といふのも新吉はダダイズムから転向して禅へ行つたからである。(なほ、新吉には「中也像」といふ詩もある。詩集『鯛』所収)新吉には、これも高名な「るす」といふ名品があるが、禅なら禅へ没入するやうなところがある。詩は真面目で現代詩としてととのつてゐて、それでゐて新吉からは、新しい詩の伝統は生まれさうになく、また生まれなかつた。中也は、そこが先輩の新吉とちがつてゐた。

中也はいろんな意味で、宮澤賢治に比べられる。晩年まで文語詩（短歌）を捨てなかつたし、音数律の使用も、両者共巧みだつた。後世への影響の大きさもよく似てゐる。

日夏耿之介の詩

日夏耿之介の『転身の頌』から、なにか一つ読まうとすると、やはり選択に迷ふのである。吉田精一は、『転身の頌』巻頭の「宗教」は落としてしまつてゐる。これは一つの卓見でもある。「宗教」は、作者にとつて大切な作品だつたからこそ、巻頭に置かれたのだらう。しかし、すつきりと意味が徹つて来ない。むしろ、吉田の選んだ「かかるとき我生く」や「双手は神の聖膝の上に」の方がいい（中公文庫『日本の詩歌12』による）。

『転身の頌』には、長い、十三章に及ぶ「序」がある。「序」だけで、詩を読んだ気分になるやうな、耿之介一流の用語法による散文（詩）である。それを紹介するには時間がかかりすぎる。

『転身の頌』は日夏の第一詩集で大正六年十二月に百部限定本として出版された。作者（一八九〇―一九七二）の二十七歳の時である。

「かかるとき我生く」は次のやうな詩であつて、これはわかりやすい。

大気《き》　澄《す》み　蒼穹《そら》晴れ　野禽《とり》は来啼《な》けり
青き馬　流れに憩《いこ》ひ彳《た》ち

繊弱《かほそ》き草のひと葉ひと葉　日光《ひざし》に喘ぎ
「今」の日晷《とけい》はあらく吐息す
かかるとき我　生く

わたしは「わかりやすい」とつひ口走つたが、このルビのふり方や、今では通じさうにない特殊な漢字の使用には、（一字空きの多用とあひまつて）それぞれ意味があり難解である。正字の使用、歴史仮名遣ひについては、いふまでもない。

この点、矢野峰人は、こんな風に解説してゐる。「日夏耿之介が、好んで怪奇蒼古な文字を夥《おびただ》しく使用する事は、既にその初期の作品に於ても著しい特徴であるが、之《これ》を目《もく》して、唯徒《いたず》らに奇を好み敢《あ》えて異を樹《た》てんとする彼の性癖から来たものとなすのは誤《あやまり》である。彼は、漢字特有の字面《じづら》の与える絵画的効果を十二分に活用する事により、視聴二覚の『錯綜美』の創造を企図しているのである。その最も簡単な例は、漢字と、それにふってあるルビとである。心ある読者は、これを一見しただけでも、二つのイメジを統一する事により暗示的効果の深化を狙った作者の真意を会得《えとく》し得るであろう。」かう言つて来た矢野は、正字の漢字を略字や仮名文字に書き替へたりしてはならないと附け加へる。その一例として「『藝術』を『芸《うん》術』とするものといふべく、『芸』は元来『香草』又は『蔬菜《そさい》』の名で『藝』には何の関係もない文字である。この類のさかしらは、正に『梅原龍三郎が画いた赤の彩色を、勝手に都の会場監理人が、朱か岱赭辰砂《たいしゃしんしゃ》かに塗りかへる』もので、児戯を越えて作者に対する侮辱、否、ひろく文藝全体を冒瀆破壊するものとなるであろう。」と言つたのである。

詩を読む前提としては長くなつたが、日夏に限らず、近代の詩は、わたしに数々の反省を強ひて来る。右に書き写した矢野の言葉（『日本詩人全集13』の解説文による）が本当なら、わたしは毎日、文を書くたびに「文藝全体を冒瀆破壊」してゐることになる。もしも昭和二十年代のはじめ、米軍占領下に公布された漢字や仮名遣ひについての「公示」が、すべての旧字や歴史仮名遣ひに精通し、あるいは使ひなれてゐた知識人たちによる、一般民衆のために考案された、ありがたいお達しの類ひであつたとしたなら、考へ直す必要がありはしないか。ＩＴ器機では、楽に正字が「書ける」現代である。それに、元来、詩のやうな芸術は、日夏がさうしたやうに「百部限定」で――つまり多くても百人の読者を予定して出版され、その小さな集団だけが、もう一つの別の詩の「王国」を作つて、その中でたのしみ、いがみ合ひ、笑ひあふものかも知れないではないか。それなら、その「王国」のためのもう一つ別の「国語」があつてもいいわけである。

「かかるとき我生く」の中でも、「日晷」はとりわけ現代では通じない言葉だらう。これは「日のかげ＝日光」といふ意味ださうである（吉田精一）。ルビは日夏流に特殊だが、あとは九十年後の今日でも、（表面の意味は）わかるのである。ただ、吉田精一の解釈に一点疑問があるとすれば、「日晷」が日光のことだとすれば、その前の行の「日光に喘ぎ」と重なるのではないか。また「とけい」といふルビは何を意味するのか。ここは「日時計」の意味にとつた方がよくはないか。吉田も「日時計を日晷儀という」と注をつけてゐるではないか。

わたしは、「宗教」といふ巻頭詩と同じく「かかるとき我生く」も、『海潮音』の上田敏訳ブラウニングの、高名な「春の朝」の影響下にあるといふ説に賛成である。ただ、この詩で、現代のわたしたちにとつて本当に難解なのは、作者の心情であり祈りであり、宗教的な信念であらう。「かかるとき我　生く」といふ最終行は、「さういふときだけ生きてゐるのであつて、それ以外のときには、生の意識を持たない」といふことなのであらう。そして、それに先立つ四行はすべて自然――作者を包んでゐる春の自然の状態をうたつたとうけとつていいのだ。前の一行が、明るく肯定的なのに、あとの二行は「繊弱き」「喘ぎ」「あらく吐息す」といふ風に、生命の弱まつて行く、乱されて行くさまを言つてゐる。そのあたりをどううけとつて最終行につなぐべきなのか、今のところ、わたしもまよつてゐるのである。

佐々木幹郎と湾岸戦争詩

芦屋市民センターで、もうわたしは六、七回、笠原芳光さんと対談してゐる。今年は、旧知の詩人佐々木幹郎さんをまじへて、鼎談といふことになつた。佐々木さんの話は、多岐に及んだが、中でも、わたしがわざとし向けた「第一次湾岸戦争」のときの「鳩よ！」(雑誌)の詩の特集の話がききごたへがあつた。

「鳩よ！」の「湾岸の海の神へ」といふ特集は一九九一年五月号であつた。「油にまみれたペルシャ湾のウミウの写真」を主題にして詩を書くといふ、し組まれた「時事的な詩作」が、当時大へん話題になつた。この「鳩よ！」の企画にふかくかかはつたのが佐々木幹郎さんだつたといはれてゐた。わたしは事の経過についても本当には知つてゐないのであるが、藤井貞和氏の『湾岸戦争論』に収められた評論、それに対する瀬尾育生さんの反論など、大事な問題提起のあつた年であつたことは知つてゐた。荒川洋治さんの要約を借りると、「この一年は例年になく詩の世界に動きのあつた年だつた。それは湾岸戦争が原因だつた。反戦詩の発表を契機に、現実と言葉の問題をめぐり、多くの主力詩人が見解を披露し、議論が白熱した。」といふことになる。

かういふ議論の重ね方においても、短歌は、現代詩とは、まつたく関はりのない動きを示してゐる。少くとも、湾岸戦争を契機として、反戦詩の有効性、あるいは、さういふ作品の作られ方、作られることの意味がさかんに議論されるといつたことはなかつた。わたしは、そのことのよしあしを今問ふつもりはない。湾岸詩の問題が出て来てから、ほとんど発言をしないままだつた佐々木さんには、それなりの思ひがあつたのだらうと察してやや軽薄と思ひながら、佐々木さんに、話題をしかけてみたのだ。それは、〈時事詠〉の話にもつながるかと思つたからである。

佐々木さんの話は、意外でもありスリリングでもあつた。アメリカＣＩＡ（諜報機関）のやらせ説の濃厚だつた「油まみれのウミウ」を、佐々木さんは、直接、現地へ行つて見て来たといふのであつた。

大阪の街の中からおきたボランティア団体の運動があつたさうである。それは、「自分たちの経験から言ふと、海へ流出した大量の油を処理するには、人力による柄杓《ひしやく》による汲みとりが一番有効である。ペルシャ湾で困つてゐるのなら自分たちが柄杓をもつて汲みとりに行かう」とよびかけてゐた。佐々木さんはその「オッサン」たちと一緒に現地へ出かけた。むろん、ただで行けるわけはないし、入国や滞在にはそれなりに国際的なめんだうな手続きがゐる。わたしなどなら、はじめからあきらめてしまふ。

ひとりでネパール山中へ出かけて行く佐々木さんの行動力については、昔共同詩『大使の羅衣《ネグリジエ》』を、佐々木さんと二人で作つたときにも、見聞きして知つてゐた。それが二十歳ちかく年少の詩人の気力、体力、好奇心といふものだらうと、わたしは感心しながら、なかばあきれてもゐたのだ。九一年ごろといへば、わたしは私的なことがらにかかはつてゐたので、広い世界への眼の働きは、にぶかつたころである。九一年には、ソ連の崩壊があつて、そちらの方に気をとられてゐたこともある。

かといつて「鳩よ！」の特集を契機として燃え上つた「詩は無力であるか」（藤井貞和）とか「戦争の詩の方法」（北川透）といつた問題の所在に気がついてゐなかつたわけではない。しかし、短歌の世界では、はじめから「短歌は大状況に対して無力である」といふ認識がゆきわたつてゐるやうに思はれる。歌人が、大きな社会的問題に対して発言して（歌の形ででも歌論の形ででも）有効であつたことなど、戦後はなかつたのである。そして、そこに、伝統的な抒情詩としての短歌の本質もあるのだと考へられて来た。そして、それはたぶん本当なのである。

それなら、現代詩は、状況に対する発言として「有力」だつたか。「前世代の詩人たち」（吉本隆明）「戦争責任論の去就」（鮎川信夫）といつた一九五〇年代の詩論があつた。そして吉本隆明、鮎川信夫、田村隆一ら「荒地」派の詩人たちの作品があつた。黒田喜夫や谷川雁や石原吉郎たちの作品。そしてかれらの政治活動。（石原の場合は過去形で問はれてゐたが、）さういつた人たちの作品や論評は、わたしたちを動かし、世間を動かした。かつて「有力」であり有効だつたからこそ、九〇年代に入つてから「詩は死んだか」「詩は無力であるか」といふ問ひが生まれたのである。

花鳥風月をうたふに適してゐる短歌は、はじめから、状況に対して「有力」ではなかつた。その不利な条件をあへてふりはらうやうにして、いくつかの試行があらはれた。

単に政治的なスローガンを三十一文字の形で流すだけのものなら、第二次大戦中から、いくらでもあつた。左翼にも右翼にもあつた。それでは、単純なメッセージ短歌である。前衛短歌運動と総称されてゐるが、その中には、いろいろな要素がある。その試行には、状況の詩として、短歌はどうすれば有効になりうるかといふ問ひとその答へが含まれてゐた。

佐々木幹郎さんは、数箇月、ペルシャ湾（現地の人は、アラビア湾といつてゐるさうだが）にとどまつて油汲みあげ運動に同行したさうである。むろん、ＣＩＡの陰謀説とかかはりなく、無数のウミウは油まみれで存在してゐた。ウミウは、しかし、人の手で油を拭ひ去られてきれいになつたあと、すぐに死んでしまふさうである。それは、人の手でさはられるといふ、耐へがたい体験のショックによるものださうである。油まみれでも死ぬが、拭ひとられても死んで行くのだといふのである。佐々木さんは、あらはにそれを言つてはゐないが、現地へ行つてウミウを見ることもしないで、「湾岸反戦詩」を論じ合つてゐる日本人に対して、絶望してゐたのだらう。

わたしは、しかし、現地へ行くといふ行為、この眼でたしかめるといふ方法が、絶対的な、唯一のやり方かどうかといふ点に関しては、さうではあるまいと思つてゐる。とはいへ、提供される映像に対して、あまりにも無邪気に反応してゐる、お茶の間の歌人たちには、また別の意味で、絶望せざるをえない。わたしは、実は、佐々木さんの話をききながら、メディアといふのは、ニューズ（新しいこと）だけを追ふものだなといふ、感想をつよくした。

あとを追ふのは、あるいはわたしたちの仕事なのかもしれない。それには佐々木さんのやうに現地へ行くことも一方法である。おびただしい情報や、記録や、学説が世界にはばらまかれ、提起されてゐる。それらをもとにして、じつくりと考へて表現するのも一つの方法だ。花鳥風月にむいてゐる伝統詩を改造して、さういふテーマに向くやうな工夫をこらすといふのも一つの方法なのである。

ジャンルを替へる

四方田犬彦『人生の乞食』

四方田犬彦さんの『先生とわたし』（新潮社）は、評判もよいし、わたしも夢中になつて読んだ一人だが、その四方田犬彦が「新潮」九月号で坪内祐三と対談してゐる。

四方田　例えば『トニオ・クレーゲル』といった時に、今の学生は「えっ？」というわけです。でも、僕や坪内さんの時代までは『トニオ・クレーゲル』は誰もが読んでなければならない書物であった。

こんなことを言ふ四方田さんはわたしより二十五年若いし、坪内氏は三十歳年少だ。もうわたしの五十代のころに、いはゆる「教養主義」の時代は終つたといはれてゐた。必読書とか教養科目とかいふのは消滅したといはれてゐた。しかし四方田さんや坪内氏はわたしと同じものを必読書に算へてゐる。とすれば、四方田さんの大学の学生はともかく、いつの時代にも少数ながら、同じ教養科目を守つてゐる若者はゐていい筈だ。ただそれが顕在化してゐないだけのことかもしれない。「知的民主主義やインターネットによって、すべてが平板化して、しかも、誰もが参照しなくなるような今の時代にこそ、そういう芸術や文学、書物を語る狭いサークルというものを、もう一度再構築すべきなのではないか」といつてゐる四方田さんは、先の発言の続きとして「独学でドイツを代表する人となった彼（トーマス・マンつまり『トニオ・クレーゲル』の作者）のような知性が、今の日本にこそ必要だし、『トニオ・クレーゲル』と聞いたら、みんながパッとわかるような共同体の中で、僕はものを書いていきたい。僕はあえて時代錯覚を今こそ引き受け、そこから学びたいと思います」と言つてゐる。

わたしはこれに賛成すると同時に、今までも短歌あるいは短歌共同体といふ、狭い世界で、その密教性を時には嫌悪しながら、ものを書いて来たのだなといふ、また少々別種の感慨にもとらはれた。

その四方田さんが、パレスチナの詩人マフムード・ダルウィーシュの詩集『壁に描く』を翻訳されたのは、一年前の八月であつた。秋に出会つた詩人の一人からもぜひ読めといはれて挑戦してみたが……これは難解な訳詩集であつた。そのあとも思ひ出しては読みかけるが、また、本を閉ぢてしまふ。

ところが、四方田さんの詩集『人生の乞食』（書肆山田）が出たので、読みはじめたら、こちらはなかなかおもしろいのである。先の教養の話につなげれば、この詩集の中に出てくる人名その他の固有名詞は、そのまま知識や教養をあらはしてゐるばかりではないが、わたしの知らないものが一杯出て来る。しかし、それは詩をよむ上の障碍にはならない。「137」といふ詩をちよつと覗いてみよう。この詩のテーマは「死」である。主人公「ぼく」の「死」である。

137はぼくの宿命だ。
最初に東京に住んだときの
木造平屋の家の住所。
中学校の受験票。
赤インクで乱暴に記された
ロシアのヴィザの末尾の数。
大昔に結婚を誓った女の電話番号。
人生の節目節目に
いつだって137が現われる。

この詩は1、2、3と分けて書かれてゐる。ここに書いたのは1のはじめのところ。まだ死は、兎《う》の毛ほども出てゐない。それでも、「宿命」といふ言葉には、人生が匂ふ。「137は運命の数字。／137は絶対の数字。」といふ詩行が出てくる所以であらう。

だから　ぼくは
とうの昔から知っている。
ぼくはきっと1月37日に死ぬだろう。

いや　間違えた。
13月7日に死ぬだろう。

詩には（短歌ではさらにその傾向がつよいが）笑ひは、そのまま素直には出てこない。「（笑）」などという注釈は加へにくい。この「1月37日」とか「13月7日」とかいふのは黒い笑ひであり、暗い笑ひである。しかしともかく、「ぼく」の「死」が話題なのだ。この詩の2のところを紹介しないのは、別にいやだからではないし、おもしろくないわけではない。3のところが謎めいてゐるので、引用する。

死とはジャンルを替えること。
詩からファンタジー小説に移ったり
35ミリからヴィデオに切り替えたり
現前《あること》のシステムを変えさえすればいい。

詩を読んで、それに言及する方法の一つに「摘句」がある。『和漢朗詠集』以来日本人にもおなじみのやり方だ。一篇の詩の中から一行の「句」をつまむのである。そのとき一行の「句」は一篇の詩のエッセンスを代表してゐる。詩は、一行のアフォリズムとなつて人々の記憶にのこる。たとえばこの「死とはジャンルを替えること。」もその一例で、詩の中のリフレインともなつて次のやうにくり返される。

死とはふいにジャンルを替えることだ。
約束が破られるためにあるように
ジャンルは替えるためにある。
ぼくはボリスよりも　ケンジよりも長生きした。
飽きるというのは　ちょっとした才能さ。

ジャンルとは文芸の用語。genre。短歌を書いてゐた人が小説に転ずるとすればジャンルを替へることだ。「死」とはこの世からあの世へ「ジャンル」を移すことにすぎないと、わざと軽く言つてゐるのか、それとも死よりもジャンル替への方が困難なのか、それは各々の体験が物語るところ。作者はボリス（ボリス・ゴドゥノフ？）ケンジ（宮沢賢治？）を対照に取りながら「飽きるというのはちょっとした才能さ」と自嘲する。

ジャンルは、いつのまにか生まれた区分で、特に日本ではそのジャンルに飽いても、なかなか他のジャンルに移り棲むことはできない。それはこの世からあの世へ移り棲むのと同価ともいへる。

この詩は最後に破壊的な捨てぜりふで終る。「へへーん、何を気取ってんだい。ここは地の果て　パレスチナ。口惜しかったら追いついてみなっ！」

伊藤比呂美さんの文体について

ほぼ順当な選考経過で伊藤比呂美さんが受賞されました。伊藤さんにおめでたうございますと申し上げたく思ひます。

久しぶりに詩の論議の中にまきこまれて、選考会からかへりの車中まで、刺激的な会話が続きました。年来抱いて来た詩や歌への疑問も、宿題の形で、またもう一度考へ直さねばなりませんでした。さうした論議の中で、この受賞作『とげ抜き　新巣鴨地蔵縁起』の姿が、やつとおぼろげながら浮び上がつて来ました。

選考のはじめに、委員の一人から呈示されたテーマ「この作品は、はたして詩であらうか、それとも小説であらうか」といふ問題は、わたしも、候補作としてこの詩集を読んだ時点から気になつてゐました。しかし、「散文詩か散文か」といふ問題は、洋の東西を問はず、近代詩の内に胎まれてゐます。わたしも、今まで何度も、このテーマについて考へたことがありました。その時、萩原朔太郎の「散文詩について」(『宿命』の「序に代へて」)などの詩論に導かれて考へたことがあります。ボードレールに即して「一定の韻律方則を無視し、自由の散文形式で書きながら、しかも全体に音楽的節奏が高く、且つ芸術美の香気が高い文章を、散文詩と言ふ」とかりに考へても、

「自由の散文形式」とか「音楽的節奏」とか、ましてや「芸術美の香気」にいたつては、これは個々人の感受性や好みによつていかやうにも変りませう。また、その「内容」について考へてみて「観念的、思想的の要素が多く、イマヂスチックであるよりは、むしろエッセイ的、哲学的の特色を多量に持つて」ゐるために、純正抒情詩と比べて「思想詩、またはエッセイ詩と呼ぶこともできる」といつた提案は、たしかに「散文詩」の一面をうがつてはゐます。しかし、明治以来、エッセイや小説として発表され、評価されて来た作品でも、これを「散文詩」として考へても、すこしも無理がないものも数多くあります。たしかに、この『とげ抜き　新巣鴨地蔵縁起』は、一面からみれば私小説風の家族物語であります。その物語性、つまり主人公と副主人公たちがゐて、時間の経過に従つて、それらの人物の生活や運命がからみ合つて行くあたりに注目すれば、やや修辞的に詩みたいな語りぐせがあるにしても、私小説の一変型として語られるかもしれません。

　しかし、いつも、この単純な結論に達するのですが、〈作者が、詩であると確信して書いた、あるいは書き終つた、といふことが、その作品の詩であることの唯一の証である〉といふ点は、この作品にもあてはまります。

　第一章にあたる「伊藤日本に帰り、絶体絶命に陥る事」といふところから読み始めたときには、わたしも、これがはたして、詩なのかと絶句いたしました。俗事俗談調のその文体が、従来わたしが愛好して来た現代詩の硬質の（といふことは、漢詩文を基にして発達して来た、いはば飜訳文体によく似た、硬さを持つた）文体からは、あまりに遠くはなれてゐたからです。

しかし、この詩集は、読み進めて行きますと、近代知識人の（多くは男ですが）作り上げて来た、漢詩文由来の飜訳文体、いはば知的文体を、こなごなに打ち砕くやうな、ぐにやぐにやでぐじやぐじやした女文体のおもしろさがあらはれて来ます。「曾根崎心中か心中天網島か。男に殺される女があわれにもエロかった。」といつたり、地蔵和讃をとりあげたり、作者も、その点を自覚的に強調してをられるやうでありますが、たぶん、近世庶民文芸の、イロニーとフモールを含んだ文体がここに、俗謡調の危ふさをはらみながら、綜合的に再現されてゐるやうに思へました。かうした文体が、次第に意識されて行つたのは、たぶんこの作品の書き始めのときとはちがふので、書きながら自覚されて行つた伊藤さんの本質だつたかもしれません。

「たらちねも、ははそはも、
母、ははははは（笑）
八面六臂の四苦八苦かも
その一瞬、ほんの一瞬でございます、海鳴りの音しか聞こえないような西向きの海辺の夕暮れに、煙たなびく苫屋のそそけた七輪の前にしゃがんで、さんまを一尾、ぱたぱたと焼いているわたし自身が脳裏によぎりました。」

これは二二一頁のところですが、もう一度このあたりを読み返すと、和歌の、雅文の文体もとり込まれてゐるやうであります。実験的作品などといつた男的な企図からではなく、身体についた文体がここに現出してゐます。わたしは、あの知的で硬質な文体の現代詩の可能性をあきらめてゐるわけではありませんし、今後この賞の受賞作品から、さういふ近代詩の伝統のよみがへりが出てくることを信じたいのですが、今回は、伊藤さんのこの作品の迫力といふか、鬼気といふか、それに圧倒されました。

「行分け」と「散文」

伊藤比呂美『とげ抜き　新巣鴨地蔵縁起』

今年の「萩原朔太郎賞」は、伊藤比呂美さんの『とげ抜き　新巣鴨地蔵縁起』にきまつた。この本の帯には「『群像』連載時より大反響！　話題の〈長篇詩〉遂に刊行」と書いてある。つまり、「長篇詩」で、全二八八頁、散文詩の形で貫かれ、一つの筋をもつた物語詩、あるいは詩物語である。

わたしは今度、この朔太郎賞の選考委員に加へられたので、九月三日、前橋市まで出かけて、高橋源一郎、入沢康夫、白石かずこ、平田俊子の諸氏に混つて、詩の議論をした。この選考委員たちは、わたしはいろいろの機縁で存じ上げてゐる人たちで、たとへば平田さんとは、一昨年の静岡連詩の時でもご一しよし、わたしたちがやつてゐる短歌朗読の会（朝日カルチャーセンター）でも二度ゲストとして出演していただいた。つまり、知らない人たちの中でまごまごしたわけではないと、念のため申し添へておく。

さて、わたしが話題にしたいのは、「長篇詩」といはれるかうした散文詩と、散文（小説とかエッセイとかドキュメントとか戯曲など）とは、分けられるのかどうかといふ問題である。しかし、この点については「新潮」十一月号に書いた選評の中で、軽く触れたので、ここでは別の話をしよう。
詩と散文の間には「行分け」といふ方法の壁が立つてゐる、と信じられてゐた時代もあつた。わかりやすい例を出せば

秋だ
草はすつかり色づいた
壁のところへいつて
じぶんのきもちにききいつてゐたい

（八木重吉「壁」）

のやうなのを抒情詩とよぶことが多い。この四行の詩は、行分けのやり方に別に一定の法則はない。しかし、「秋だ。草はすつかり色づいた。壁のところへいつて（わたしは）じぶんのきもちにききいつてゐたい。」と、日記のすみに書き入れた場合と、この詩との間には、どこか違ひがある。なにが違ふのだらう。詩の〈かたち〉が違ふのはたしかである。文章になつた場合は、一行である。詩では四行だ。この違ひは書き手の意思によつてきまつたのか。それもあるが、抒情詩（散文詩ではない詩）は行分けするといふ慣習が、訳詩の影響もあり、漢詩以来の伝統もあつて定着してゐるためもあらう。ためしに遊び心で、この八木重吉の詩を、短歌にひるがへしてみると、

草なべて色づきわれは壁ぎはでじぶんのきもちにききいつてゐたい

とでもなるだらう。この擬似うたと原作の違ひはどこにあるかといふと、「行分け」にある。一行目から二行目にうつるときに、視線は横にうごき、そこで、ほんのわずかの間、考へがとだえる。「秋だ」といはれて「そうか秋か」と確認するのである。そして二行目で「草はすつかり色づいた」と来ると、自然に、自分の思ひを、草の方へ移して行く。ここまでは自然に動いて来た読者の心は、次の第三行で、意外なものにぶつかる。すなはち「壁」にぶつかるのだ。主語が抜いてあるから、よけいに二行目と三行目の飛躍感はつよまるのだが、これが、四行目になると、さらに意外な、作者の心が呈示されてゐるのに出会ふ。作者は、その壁のところで「じぶんのききもちにききいつてゐたい」といふのだ。「ききい」るとは耳をすまして、自分の心の呟きを自分できとり、ひきこまれるやうに、聞き入ることをさしてゐる。

わたしのたわむれに作つた歌との違ひは、第三句で「われは」が出てくること、そして微妙なところで、「壁のところへいつて」と「壁ぎは」とは違ふといふ点にある。いまは「壁」のところへ行つてゐないのに、「秋」「草」のいろをみると、ある「壁」のところまで行つて内心の呟きに聞き入つてゐたいと思ふのだ。かうやつてみてくると、一行の詩のやうにみえた短歌は、単に一行の詩ではない。多行の詩と対応するやうな意味で、一行なのではない。五・七・五・七・七といふ音数の定めがあるために、一行詩ではなく、短歌（和歌）なのであることがわかつてくる。さうすると、連作短歌といふものは、多行詩とどこか似てゐながら、やはり、多数首の歌なのである。といふことは一首の歌の中に、数行の詩の要素が凝縮してつまつてゐるといふ、ごくあたり前の話である。

伊藤比呂美さんの『とげ抜き　新巣鴨地蔵縁起』は、よみ始めると、あれ、これが詩？とだれでも思ふぐらゐ、小説――それも、「わたし」と夫と子と父と母などが入りみだれて登場し、場面も故郷の日本の熊本から、現住地のアメリカのカリフォルニアまで、行つたり来たり出会つたり別れたり、病気したり入院したり、まるで私小説みたいに説かれてゐるのであるが、作者自身これを詩と思つて書き、その点に一点のゆるぎもない。

だが、この書き下しの散文そつくりの文体の中に、時々、行分けの抒情詩、いや、ぐちのくりごとを歌ふやうにのべるところもある。また、次のやうに、行分け主体となる部分もある。

老いどころの話ではなくなりました。子どもが危機です。
しのびないのは子どもの苦。
自分の身にふりかかる苦は。
あさましい暗闇をひとりでのたうちまわっておれば、やがて抜けていくのです。
親の身にふりかかる死の苦は。
粛々と受けとめていくしかありません。
（「伊藤ふたたび絶体絶命、子ゆえの闇をひた走る事」）

といつた案配である。これらの詩行には、五・七調や七・五調をふくめた、音数律の韻律がひびいてゐるやうにも思へる。地蔵和讃が引用されたり、ときには「命終わるの時天に音楽ありき。

命終わるの時紫雲身にまつわりぬ。」といった引用句があちらこちらに出てくるのもおもしろいところだ。

長篇詩といふのは、明治以来、創作詩においても、翻訳詩においても、日本語によるその可能性が、いろいろと試みられて来たが、成功例はほとんどない。わたしが、「『テエベス百門』の夕映え」であつかつた『ファウスト』(ゲーテ、鷗外訳)もその一つである。

その時、長篇詩は多行詩の形をとるのか、散文詩の形になるのか。その多行詩の一行一行は、こまかくみると、日本語独特の音数律の本質を、どのやうに利用することなのか。それとも新しいリズムを創設できるのかどうか。長篇詩は、一行一行の詩をたばねた結果として、長篇になるのか。さうした課題が、当然考へられるのだ。

「蛮賓歌」の一節

日夏耿之介

このごろ読んだ詩集で伊藤比呂美の『とげ抜き　新巣鴨地蔵縁起』は〈長篇詩〉とよばれてゐるが、小説と詩の境界にある私小説的な物語詩であつた。第一に、詩としてはおそろしく長く二八八頁にわたる。

他方、川田絢音の『それは　消える字』は、一篇が二十行以内の短い詩が二十六篇入つてゐる。ふつう詩集といふと、このスタイルを考へる。一篇一篇は独立してゐる。『カナシヤル』（三角みづ紀）のやうな若い女性の詩集も読むが、大方は三十行か四十行の詩のあつまりで、たまに百行をこえる。どうもこの行数に、はつきりした必然性がなく、気ままに書いてゐるうちに百行をこえた感じがつよい。（その点、伊藤比呂美の二八八頁は、物語の発端から終焉まで、といふほどはつきりしてはゐないが、ある人生のある時期の事件をこまごまと話さうとする気迫があつた。）

日夏耿之介の最後の詩集『咒文』は一九三三年、今から七十年ほど昔に出た。作者四十三歳、病弱のこの人にとつて、晩年の書として意識されたにちがひない。（日夏が死んだのは一九七一年であつた。八十二歳である。人の死期など本人にはわからない。）

『咒文』の中に「蛮賓歌《ばんぴんか》」といふ小題の詩がいくつかある。狷介にして、傷つきやすい学匠詩人の、心情は大体において読みとれる。さきにあげた現代の二人の女性詩人たちの作とくらべて、詩の長さでは、ほとんど差はない。つまり短詩である。「蛮賓歌」には「あらゆる木末の上に静けさのあり」とゲーテの詩句をもじつた一行が、詞書のやうに添へられてゐる。「蛮賓」は、その字のままとれば、野蛮（南蛮）の連中の中からやつて来た「賓（お客さま）」といふことであらう。その「第壱」を引く。

吾等の情緒は「死」に濡れてあり。
「死」は十一月の暮雨《ゆふさめ》のやうに　こころの曠野《あらの》に降りしきる。
日翳《ひかげ》淡く雲脚駛《はや》き午下《ひるさが》り

『転身の頌』（二十代の詩集）以来、日夏の用語法は変つてゐない。ルビのふり方、正字（正字は、その頃はふつうの漢字として用ひられた）の使ひ方も、変らない。前半の四行のあとに、あと四行ある。

いくたびか　かの落葉の族《うから》とともに
土に起ち　犇《ひしめ》き合ひ　うち慄《ふる》ひ
泪《なんだ》を垂れ　こころも直《すぐ》に
われら　この蛮賓を邀《むか》へむと心構へた。

平素から、短歌を旧かなづかひで書くわたしには、なんの異和もないかなづかひである。しかし正字や訓み仮名（ルビ）となるとまた別の話である。だが、全般的に、この程度なら日本語の現状からみて、さう不思議な用語法ではない。さうなると、詩の内容、いはゆる詩想はどうか、といふ問題になる。

「第壱」から「第柒」（第七）まであるこの詩のテーマは「死」である。「蛮賓」とは「死」のことである。どこか遠い外国からやつてくる客人のことを「蛮賓」とよんでゐるので、それこそ作者が、そのころひしひしと実感してゐた「死」といふ客人《まらうど》なのだつた。

内容は、くり返して嘆き、愁ふ、死への思ひであつて、ほとんど同じことを、ただ修辞をかへ、表現をあらためながら、十一月の気候と自然をわづかに比喩として用ひながら書いてゐる。言つてみれば、ことばはものものしいが、内容は単純であり、平凡ともいへる。

はじめにあげた、現代女性詩人の二人も、やはり自分の境涯について、（耿之介のやうには率直ではないが、）書いてゐる。しかし、直接性は弱い。自分といふ存在が、この世界の中で、嘆きをいつてゐるといふ点では、境涯の唄であるが、あらはではない。これはどうしたことであらう。（その点だけいへば、長篇詩の伊藤比呂美の嘆き節は直接的に訴へてくる。）

参考のため耿之介の「蛮賓歌」の第七の七行を写して置く。

肉衰へ心きはまれる身の　空想の触手は

おろかにも少人《せうじん》のむかし掛け偲びつ
在りし日の再来《またこむ》をつとめて待ち望みつ　はた
枯々《かれかれ》と老来《おいらく》の燈火明きにしたひ寄る也。
ほぬかに僥倖のことく　過失のことく　発作のことく
忍び寄る「死」の蛮賓の冷たき抱擁に魅《みい》らるる
哀しき福祚《さきはひ》のけふ日頃かな。

詩歌の韻律について

藤井貞和『詩的分析』

机上の本のたぐひが、今関心をもつて取り組んでゐるテーマに関連したものになつていく。「『テエベス百門』の夕映え」(『鷗外・茂吉・杢太郎』として二〇〇八年刊)を書いてゐたときのものが、まだまだ机上にも近くの書棚にもたくさん残つてゐる。だが、このところ言語学、日本語学関係のものが増えて来た。鷗外全集や茂吉全集、杢太郎の本などは、後景に退きつつある。

一つには、日本語の文法(といつても受験用国文法の話ではない)についての根幹的な反省が必要になつて来てゐることがある。現代短歌は、近代以降、古典文法とはちがふ助動詞や終助詞の使ひ方を編み出して来た。これは古代あるいは中世の文法語法を正しいとすれば明らかに誤用だが、言語の変遷はどこの国のことばにもおきることだ。文語をつかつて表現してゐるのは、目下のところ歌人と少数の俳人たちだけだから、「近現代短歌文典」といつた本が出て来てもよささうに思へる。さうした、近現代短歌だけの文語(安田純生さんは〈文語〉と、〈〉をつけてゐる)の発生した理由の一つに、われわれの日常の話しことばからの自然な流用といふことがある。この根柢にある心理と論理はなんだらう。もう一つは、それと関連するのだが、言文一致させたいと望む気持と、それに反する短歌独自の語法や仮名づかひへの希求といふ、背反的な欲念がある。

日常つかはれることのない旧仮名や正字や古典文語文法を使ひたいとおもひ、使つてゐる心理は、潜在的にはなにを意味してゐるのだらう。

時枝誠記の『国語学原論』やイエスペルセンの『文法の原理』、昔よんだ大野晋の『日本語の文法を考える』が、書棚のすみからひつぱり出されて、今わたしの机上に並びはじめてゐるのはそのためだらう。

最近、藤井貞和さんの『詩的分析』（書肆山田）が出た。わたしはこのごろ、詩稿の整理と清書に連日一定の時間を同じ姿勢をとりすぎたためか、腰痛をおこして、椅子に座るのがつらいので、ベッドにねころんで藤井さんの新著を読みはじめたら、思わずおき上つて、文字を凝視したくなる部分が出て来た。あちらこちらで藤井さんの論究は今までも読んで来たが、今度のは、書き下ろしも多く、正統的なもののやうだ。「音数律の根拠」といふ章があり、「助動詞の言語態」といふ章がある。藤井さんには前著の『自由詩学』（思潮社）があるし、俳人の筑紫磐井の『詩の起源――藤井貞和『古日本文学発生論』を読む』が出たのは、つい一年前のことであつたが、わたしは李太郎に集中してゐて、これらを横目でやりすごした。しかし、問題の所在はよくわかつてゐたのである。

ここを辿つて行くと、必ず例の、日本語の詩の韻律論といふ底なし沼に出る。死んだ菅谷規矩雄が最後まで執着してゐたのがこの沼地であつた。北川透さんはいつだつたか――もう十年も前になるか、韻律論は岡井さん、もう一度挑戦しないのですかと言つたことがあり、「さうだ」と考へ直したこともあつたが、むろん北川さんだつてこの問題にアプローチする気持ちはつよいのだらう。

わたしは、前にも言つたけれど、昨年の八月十六日から今年の八月十五日まで一年の間毎日（朝が多かつたが）数首の歌をつくつた一種の遊行のやうなことをした。その歌稿を今整理しつつあるが、なかなかすすまない。ところで、八月十六日からは、十四行詩（和風ソネット）に切りかへて一箇月毎日作り続けた。こちらの方は先に整理がついた。（そのために腰痛が生じたことは前に書いた通りだ）。では、短歌と十四行詩の間にどのやうな違ひがあるのか。四行詩や五行詩の可能性もありうるのだが、それを試みないのはなぜだらうか。総じて、自由詩といふ思想に走つてしまつた近代詩人たちは、定型短歌を捨ててしまつたが、そこにはなにがあつたのか。

藤井さんの本をきつかけにしていろいろと反論もしながら、定型詩論——現在の時点で可能な定型詩といつた議論もできるだらう。菅谷規矩雄や荒木亨や吉本隆明や、かつてこのテーマについて考へた人たちの論を継ぐといふやうな話ではない。もう少し身近な、創造上のテーマとして、定型論や韻律論がうかびあがつてくるのではないか。

ちよつと思ひ出したことがある。

わたしは『α《アルファ》の星』といふ歌集を一九八五年に作つた。その中の一首、

木曽さかのぼるふりこ電車にまどろまむときはなたれてゆくにあらねど

の原作（雑誌発表時の形）は、第三句が「眠らなむ」であつた。この「なむ」といふ終助詞の使用

法が、古典文法と違つてゐたのを批判した人があつたので、わたしは「まどろまむ」と改作して歌集に入れたのであつた。ところで、「まどろまむ」と「眠らなむ（あるいは眠りなむ）」とは、詩の中のことばとして同価であらうか。なるほど、意味としては近似してゐる。しかし意味としても「まどろむ」と「眠る」とは違つてゐる。片方は仮眠で、うとうとすることだし、もう片方は広くどの形の眠りも包含する。覚めてゐる状態に対することばだ。だが、その点をかりに今軽く見すごすにしても、「マドロマム」と「ネムラナム」との音韻上の差異は、見逃すことはできない。詩歌の音楽的要素を総括して「韻律」とよぶとすれば、「韻律」とは、単に音数律のことではない。一語一語の韻も含む。

すでに早く、時枝誠記からは疑義が出されてゐる。

「従来の詩歌のリズムを論ずるものは、かくの如く群団化されたものをリズムの単位と考え、この単位にリズムの概念を適用して、説明を試みようとした。五音或は七音を単位として、それによって国語のリズムを考えようとしたのは即ちそれである。音数律とは即ちそれであるが、この考から日本詩歌の最も普遍的形式である、短歌形式或は俳句形式を説明することは困難の様に思われる。」（『国語学原論』、岩波文庫）

時枝は、五・七の音数律を、進行的リズムとは見ないで、建築的構成の要素と考へるのだが、この点は傾聴するに価する。

いはゆる「等時拍リズム」といふ原則は、日本語の場合、崩すことはできないが、音数律といふコンセプトについては、疑ひを入れ余地がある。藤井貞和さんの『自由詩学』から『詩的分析』

へと移つて来た考への底には、音数律への思ひ入れがつよくある。このあたりへ、わたしの、帰り新参の韻律論者らしい、実践的五・七リズム論をまじへてみたらどうなるのであらうか。

実は、文法論と韻律論は、ふかくからみ合つてゐるやうなのである。それは、たとへば句またがりによつて寸断された五・七律を、単純に五七調とよんでいいのかといふ問題にもかかはる。初句七音化した短歌や俳句の韻律論的分析は、まだなされてゐないといふ事実ともかかはるのである。

異性の呼び声　三角みづ紀『カナシヤル』

マンションと呼ばれる集合住宅に住んでゐるのだが、その五階の部屋から、晴れた日には南南西の方角に、富士山が小さく（しかしはつきり裾を引いて）見える。東京から富士が見えるのは珍しくはないが、冬季になると、夕日が富士の斜面に落ちる。日は西山に沈んでといふ時に、その西山が富士であるといふのは奇妙な感じだ。むろん、日没のあとの空は美しい。それを眺める位のこころのゆとりは、このわたしにも、このごろ生まれてゐる。
先日来、柴生田稔歌集『春山』を読み返して、特に次のやうな心理過程を歌つた歌をすぐれた先人の作として再認識してゐる。

ときのまの思ひ迫りてもだゆともあはれ過ぎゆきてつねのごとしも　　稔

一瞬（ときのま）のあひだ胸に迫る思ひがあつて気持ちが乱れるのであるが、（なんといふことだ）その瞬間さへすぎてしまへばあとはまた平常心にかへつてしまふといふ内容であるが、ごく抽象化してあるから、この青年（当時二十代の終りごろ）の「思ひ」「もだえ」の実際については判らない。その点が、すぐれた心理詠たる所以ともいへる。

逢ひたくて出でて来つるをいつしかもはかなくなりてひとり歩めり　稔
あひともに午後をすごして言ひしこと夜《よ》ふけはかなく思ひ浮べつ
かくのごとく過ぎつつ人もすさまむはあひ抱《いだ》くよりいやしかるべし

このあたりになると、少くとも、青年のある女に対する恋愛心理が背景にあるのがわかる。しかし、作者の女への態度は、冷ややかといひたくなるぐらゐ客観視してゐる。余裕があるといふよりも、生来さういふ性格の男性だともいへるし、ヨーロッパの近代文学の洗礼をうけて、かうした恋愛感情の透視が出て来たともいへるだらう。

近藤芳美の『早春歌』が『春山』のつよい影響をうけてゐることも、よく知られてゐる。若いころ、近藤さんの口から柴生田さんの名はしばしば出た。「アララギ」の先輩のうちでも第一に尊敬すべき存在として、わたしたちにも推賞された。事実、『早春歌』の恋愛の歌や、妹を歌つた歌は、『春山』の影響が濃く感じられる。

先にあげた稔の三首のうち三首目の「かくのごとく」の歌は、相手との交際がやや長くなつて、踏ん切りがつかないさまを歌つてゐる。こんなことで「人（相手の人）」も（そして自分も）心も生活もすさんで行くのだつたら、いつそ思ひ切つて「あひ抱く」（当時の社会を背景にすれば、これは結婚といふことで、肉体関係をもつといつたことではあるまい）方がいいのではないか、といつてゐるのである。

私はコンスタンの『アドルフ』とかスタンダールの自伝的作品、あるいはメリメの『ある女への手紙』などを思ひうかべた。これらの小説作品は、わたしたちあたりまでは、ごく普通の必読書に入つてをり、事実それを読むと人間の恋愛心理についていろいろと深いところがわかつてくるのであつた。柴生田さんは、神西清（フランス・ロシア文学者で小説家）の友人で、戦時中に「文学界」に時評を書いたことがあると言つてをられたぐらゐで、単なる一人の「アララギ」歌人だつたわけではない。そんなことをわざわざ公言する必要のない教養人であり、人間について辛辣な見方をする人であつた。その点で、性格のちがひはあつても、近藤さんもまた、西欧近代の文物から大きな影響をうけて歌を作つた人であつた。

をさなきより冷《ひや》やかなりと言はれ来つ思ひて見ればすがしかりけり
母あらば因《よ》りて起こらむくさぐさのわづらひごとも今夜《こよひ》おもひぬ
近づかむことはみづから避けたりと思ひいづればさびしかりけり　稔

「をさなきより」は、自分自身の心を自己解剖しつつそれを肯定してゐる。「母あらば」の歌では、幼年にして母を失つた稔を背景に読むべきだらうが、いずれにせよ冷徹なリアリズムがここにはあるだらう。「近づかむ」の歌の、近づかうとする対象は、直接には女性だつたかもしれないが、思想でも宗教でも社会運動でも、それは成り立つ。かういふ心理は誰にでもあるともいへるが、それをこのやうに歌ひあげた人はそれまでゐなかつた。

男の論理だなあといふ思ひも湧いてくる。ほとんどの近代文学が、男によつて作られた時代の象徴的作品ともいへるだらう。わたしはしかし、かういふ『春山』のやうな歌集によつて、人間心理を歌ふことを、最初に教へられたのであつた。

「秋の作品批評の会」の講話で、わたしは三角みづ紀さんの詩集『カナシヤル』から二つほどを朗読したことを思ひ出した。これはもう女性優位の文学現象が定着した現代の、若い女性の詩である。三角さんは、今度の「藤村記念歴程賞」の新人賞を受賞された人で、式のときにはじめてお会ひした。「素晴らしい日々」といふ詩を写してみようか。

死にたい死にたい
と、夫が云う
死なないで死なないで
と、わたしが云う
死にたい死にたい
と、わたしが云う
死なないで死なないで
と、夫は云わない
死ぬなら先に死んでおくれ

お互いの文字を書く
それぞれに癖がある
それでも
同じスピードで、
口をそろえて
云うのだ
しぬならさきにしんでおくれよ

こんな風に、この詩ははじまる。これは明らかに女性の側からみた愛の風景である。ずい分とはつきり書いてゐるが、どこにもいつはりはなささうだ。

この詩は、さらに十数行つづいて、最後に「それでも／手をつないでおもてへでれば／仲のよろしいこと／と、呉服屋の店主は云うのだ」と結ばれてゐる。

これを女性の論理と心理をうたつた詩とよぶべきか。それはわからない。しかし柴生田稔の『春山』によつてきたへられ、コンスタンやメリメを通過したわたしなどは、やはり異性の呼び声をここにききとつてしまふのであるが、いかがなものであらうか。

II

――二〇〇八年

『二都詩問』と「〈北〉の再発見」

米川千嘉子氏の歌集『衝立の絵の乙女』のタイトルは、小泉八雲「奇談・衝立の乙女」による次の歌からとられてゐる。

衝立の絵なる乙女子妻となりつひに帰らぬ仕合せのこと

この歌だけでみると「衝立の絵」に画かれたままの乙女だつたらよかつたのになまじ「妻」となつた（絵から抜け出たのである）ばかりに「仕合はせ」を失つたといふ歌のやうである。たしかめるために八雲を読み始めた。すると、わたしには、やはり八雲の書いた「奇談・因果ばなし」による次の歌が気になつて来た。

側室の乳房《ちち》つかむまま切られたる妻の手あり　われは白米を磨ぐ

どちらの歌も「松江十首」の中にあり旅の歌だが、旅の印象をうたつたものは少く、大ていはブッキッシュで、米川氏らしい知の歌。しかしそこに、「妻」の「仕合はせ」がひそかに論じられてゐるのがおもしろかつた。因みにわたしはこの「側室の乳房」の方に取材して「現代詩手帖」二〇〇八年一月号に散文詩一篇を書く結果となつた。

＊

『二都詩問』（福原麟太郎・吉川幸次郎往復書簡）といふ本を偶然手に入れて毎夜すこしづつ読んでゐる。一九七一年新潮社から出た古本である。「詩問」といふタイトルにふさはしく、この二人の碩学（一人は英文学、一人は中国文学）の往復書簡は、はじめから「詩における頭韻・尾韻（脚韻のこと）とはなにか」といふところにまともにぶつかつて熱く論じ合つてゐる。ソフィスティケーションがなく、逃げ腰でないのである。たしかに西欧詩にも中国詩にもある「尾韻」が日本の和歌や詩にはない。そのわけもこれまでいろいろと論じられて来た。マチネ・ポエティークの試行は結局日本語の多行詩（ソネット）では尾韻はわざとらしくてだめだといふことになつてゐる。たしかに、わざわざ尾韻をまうけようとするとうまくいかないが、では、自然な形で尾韻めいたものが生まれたことはないかといへば、それはある。わたしはいくつかの近代詩の分析においてそれを感じた。また、短歌の批評でも、上の句にはカ行音が多く、第三句の五音で転調して、下の句にはサ行音が目立つなどと言ふ。これは、わざとさうしたのではなく（わざとしてゐないから余計に意味がふかいのであるが）一種の「韻」の存在（あるいは頭韻に入れてもいいのかもしれない）を暗示してゐるのかとも思はれる。吉川幸次郎は、「尾韻というものは、一たい何だろう」と自問しつつ「私は私で、ものの斉一の方向を、不斉一なものの中にたしかめようとする人間自然の性癖、それを満足させることが、この詩法のもたらす快感の基本ではないかと考えております。」と答へてゐる。この「不斉一なもの」が「韻」なのだとすると、すんなりと自然にすすむ言葉の運びの中に、わざと不自然な要素をかまへて、それによつて言葉の本質をたしかめ直すといつた効果をいつてゐるらしい。なほ「韻脚に用いられた語は、山、hill、安、easy というような至って日常茶飯の語が、しみじみと眺め直されることがあるのを感じます」ともいふ。この単語に英語がまじるのは、むろん、福原が英詩の実例をもち出して来てゐるのに応じたのだらう。

*

十二月一日に盛岡市へ行つて「全国大学国語国文学会」のシンポジウム「〈北〉の再発見」に出た。わたしは、現役で活躍中の国文学の専門家たちと、かういふ場で同席して話すのは初めてであることにあらためて気がつきおどろいた。なぜなら、わたしは（あちらこちらで書いてゐるやうに）一九七〇年代ごろから「文学」「國文學」「国文学　解釈と鑑賞」のやうな専門の雑誌に、しばしば斎藤茂吉、中原中也、萩原朔太郎、宮沢賢治などについて論文を発表して来たと、自分では思つて来てゐたからである。むろんわたしの書きつぷりは、大学に所属する学者・研究者たちとはちがつてエッセイ風に読みやすくしてゐる。しかし、学問的手続きはちやんと踏んでゐるつもりである。それは医学上の論文を書いたり学会発表をしたりした時にもすでに学んで来てゐたつもりであつた。さて、今度、盛岡大学（広くて、緑の多い、北ヨーロッパ風のキャンパスだつた。文学部だけの単科大学だといふことだ）で、三人の近代文学研究家と並んで話し合つてみて感じたのは、自分はやはり研究家として発言してゐるよりも、創作家（歌を書く人間）としてものを言つてゐるなといふことであつた。基調講演を民俗学者の赤坂憲雄さんが話された。シンポジウムのコーディネーターをつとめられた錦仁さん（新潟大学）の「民俗学は国文学の救世主たりうるか」といふ問ひかけを、暗黙のうちに意識されてゐるらしいことが、だんだんと判つてくるやうな、おもしろい講演であつた。国文学や民俗学の最前線についてはなにも知らないに等しいわたしではあるが、すべての学問的な研究の不振が伝へられ、事実短歌の世界においても、正確に厳密に学問的な手続きを踏んだ研究が出にくくなつてゐる現状は承知してゐるので、このシンポジウムでのやりとりの雰囲気はよく理解できたのであつた。この学会の会長は中西進さんで、この人がわたしをこの席によんで下さつたのであるが、冬らしくない明るい陽光のふりそそぐキャンパスを歩きながら中西さんの話されたことも耳に残つてゐる。「十年前、二十年前にもうだれかが論及し証明してしまつた事実についても、それを全く読みもしないで、まるで自分が発見したみたいに言つたり書いたりする人がこのごろ多いのだよね。」「世の中フラットになつたつていふでしよう。しかしフラットになつたんではなくて、フラットにするには大きな力が働いてやつとフラットになるのだよね。その力つてなんだらうね。」これらはわたしの耳だけにきこえた、北方の国の陽光のささやきであり、そら耳だつたのだらうか。

　このシンポジウムのパネラーとして北海道文教大の神谷忠孝氏が出て来られてゐた。わたしはこの人の書いたものは、ずつと以前だがよんだことがある。〈北〉の再発見といふときに、この

「北」が、北海道をこえてサハリンやシベリヤへ及ぶことは、いふまでもない。木下杢太郎をしらべて書いてゐたときにも、つねに満州といふ存在が意識された。また、明治以降特に、北部ヨーロッパの文化文物の影響をうけて来たわたしたちは「北」といふと西欧諸国の文学を思はずにをられぬのだ。神谷さんとも雑談のとき話題にのぼつたわたしの旧友（今は別れてしまつたが）菱川善夫の死を今朝知つた。深く哀悼する。

手を洗う　平田俊子『宝物』

NHK衛星放送ハイビジョン（いはゆるBSの3）で「日めくり万葉集」といふ番組が一月七日から始まつた。一年間続くのださうである。朝六時五十五分から七時までたつた五分間といへばたしかにさうだが、わたしはたのしんで見る。万葉集の中の一首を各界の人たちが一人づつしやべつてゐる。歌人もゐれば民俗学者もありリービ英雄のやうな異国の人もゐる。万葉集がはたしてテレビに合ふのかとあやぶんだが立派に適応してゐる。むしろ檀ふみの朗読をきいてゐると知らなかつた万葉の魅力を発見したりする。朝早いから録画しておいてあとで見るのだが、先日は小島ゆかりさんが、天武天皇の藤原夫人に送つた雪の歌をたのしげに語つてをられた。因みにわたしが出演する分は二月に放映されるとのことで、一年のうちのどこかで五回ほど出ることになつてゐる（月曜→金曜の放送で土日は休み）。

＊

わたしたちはいろいろなことを知つてゐると思つてゐるが、また反面で、いろいろなことを知らないままにすませてゐる。毎日どこからともなく届けられる印刷物（本や雑誌）がわたしに教へてくれることは大きい。わたしの注目してゐる若い女性詩人に藤原安紀子といふ人がゐるが、今度「カナリス」といふ同人誌を創つた。手帖大の大きさで一本の紅い紐でゆるくしばられ木製の小さな洗濯挟みみたいなもので挟まれてゐる。イラストは北辻良央といふわたしにとつては未知のもう一人の同人（詩人）がしたものらしい。なほもう一人先輩格の詩人建畠晢（この人も久しい前からわたしの好きな詩人で何度か触れて書いたことがある）が「春の奥さん」といふ詩を寄せてゐる。十六頁、限定一五〇部で年二回発行予定といふことだ。加藤治郎さんの彗星集の中の何人かが今度雑誌を出す計画だときいたので、どんなものになるのかとたのしみなのだが、ふと「カナリス」のことを反射的に思つたので書いてみた。雑誌といふのは、同人誌でも結社誌でも商業誌でも内容と共に外観（かたち姿）でもある。「カナリス」（運河といふ意味だが）だつて、名前と共にこの風変りな形がもう詩なのである。

＊

今進行中の放送（NHK第二放送）の「歌の生まれる場所」といふのは、かつて「NHK歌壇」に連載し、ながらみ書房から出してもらつた『ぼくの交遊録』の中のいくつかと話題は同じだが、しやべつてゐると少しづつ書いたこととは別になつてゐる。わたしはもちろん、かういふ機会を与へられたことをかりそめのこととは思はないけれども、今はそのことより、書かれたものと話されたこととの微妙なちがひが自分でもおもしろいのである。この放送は一月から始まつて三月まで十三回つづく。毎週金曜日の午後九時三十分から三十分間で、再放送は毎週日曜日の午前十時半からである。もとになる講座は、東京青山のＮＨＫ文化センターでしたものが使はれてゐる。土屋文明、斎藤茂吉、近藤芳美、塚本邦雄との交流あるいは師事について話す予定にしてゐる。話してゐると内容が書いたものとはすこしづつ違つてくるといふのは、記憶がよびおこされる仕方が違つてくるといふこともあり、聴き手の前でその顔をみながら話してゐると時にはジョークの一つも言ひたくなるといふこともあるからかもしれない。

＊

平田俊子さんの詩集『宝物』（書肆山田）をおもしろく読んでゐるところである。平田さんとは一しよに朗読会をしたり、連詩の会で同席したり、萩原朔太郎賞の選考委員としてご一しよしたりしてゐるが、もとよりわたしなどより若い方で、詩作（このごろは小説も）の経験も長く深い。このごろ詩（散文詩）を書き出したわたしはいろいろと教へられるところが多い。今度の『宝物』の中では「私見、ゴッホの『寝室』」といふのが一しよにやつた朗読会のときの作品だ。（この時わたしは、スーラの「グランドジャット島の日曜の午後」について連作をつくつて朗読したのだつた。『家常茶飯』所収）

「手洗い励行」といふ詩を写してみよう。

外から帰って手を洗う
ずっと部屋にいて手を洗う

肉を洗うついでに手を洗う
お茶を洗うついでに手を洗う

髪を洗う前に手を洗う
手を洗う前に手を洗う

といふ具合に詩は書き出されてゐる。以下、二行づつのいはば対句の形が続く。対句といふのも詩の手法としてはありふれてゐるといつていいし特に解説を要しないだらう。「外から帰って手を洗う」といふのは、インフルエンザ予防とかかはりがあるかどうかは別にして、よくする行為で、外出すると知らぬまに手がいろいろなものに触れて汚れる（と感ずる）ためにするのだから合理的である。しかしそれなら人は「ずっと部屋にいて手を洗う」ことがあるがあれはどうしてなのかといふことになると、また別の場面が思ひうかぶ。この二行は対句（ペアになつてゐる）であるが内容は（心理的にも哲学的にも）かなり違つてゐることにあとから気付く。

わたしがおもしろいと思ふのはさうした意味の上の平行性類似性差異性を、「手を洗う——てをあらう」といふ音の響きが統一してゐるといふか、つまり一種の韻を踏んでゐるといふ点である。

ずつと読んでいくと「ろうそくの火で手を洗う／吹き消したあとの闇で手を洗う」のやうな美

しい対句も出てくる。三行の部分と五行の部分が各一箇所あつて、あとは、さう奇異でもない二行づつの二節によつてしめくくられる。といふより、ごくおだやかに減弱型の終り方をとつてゐる。

「手を洗う」は最後まで行末を飾つてゐる。かういふのはリフレインといつてもいいのだが、あきらかに、音節のひびきとか、外形といつたものが内容をつよめ内容に従属してゐる。自然に置かれた同意同音文であるがどこかで脚韻に似たところもあるといふのは、今脚韻につかれてゐるわたしの錯覚だらうか。

平田俊子の「れもん」

詩の書き方については評論家風にはわかつてゐるつもりであつたが、いざ自分で書く身になつてみると惑ふ。しかしまあ書く外ないので書くが書きながらわかつてくることもある。平田俊子さんの詩集『宝物』（二〇〇七年十月、書肆山田刊）といふ本は近頃出色の詩集だと思つてあちこち読みながら一つは下敷き（いはゆる引用または引喩）といふのをおもしろくおもふのであつた。

レモンを漢字にすると
どうして檸檬になるのか
長い間　謎だった
レモンの三文字を
檸檬の二文字に
どう割り振ればいいのか
わからなかった

これは「れもん」といふ詩の第一節である。すぐにそのあとの四行で「調べてみたら他愛がなかった／外国人が［lémən］といったのを／［ネイモウ］と聞き違え／この字が当てられたのだった」と謎解きをしてゐるが詩そのものはまだこのあたり序の部分であること位はわたしにも判る。なるほどかういふ風に展開させていく沈着さが必要で発音記号の用ひ方なども参照になる。

間違えた人をわたしたちは笑えない
よその国の
言葉と初めて会うとき
混乱はつきものだ

といふ第三節の「わたしたち」といふ主体の複数形も周到である。さてその「わたしたち」は、いよいよ（予想通りと言つてもいいが）「梶井基次郎」の『檸檬』が出て来て、基次郎がはじめ「レモン」と草稿に書き後に改めたといふエピソオドなんかもちよつと出しておいて本論（?）の高村光太郎の「レモン哀歌」へと渡つて行く。

かういふ詩ははじめぱつと光太郎の「レモン哀歌」がひらめいてそこからレモンと檸檬の比較論に入つたのかそれとも全部計算されつくした上で書かれたのか、わたしはなんとなくそんなに計算されたものではないだらうと思つてゐる。小説家で最後の一行までイメージしたときにはじめて物語の初行を書き出すことができると言つた人があつたが詩ではどうだらう。計算と改作をかさねるマラルメタイプの詩人ならばどうか知らぬが、平田さんも漠然とした感覚で書きすすめるタイプではないかと思つてゐる。
しかし、この「レモン」といふ詩の最終節で「南品川・ゼームス坂病院／智恵子が三年九カ月を過ごした精神病院」の跡地を訪ねたことが出てくるのを読んでひよつとするとこの訪問が詩を生んだ最初のきつかけだつたかも知れないと思つたことだ。つまり詩はゲーテのいふ機会詩として誕生する。

跡地には『レモン哀歌』の詩碑が黒く立つ
ある日訪ねると　数個のレモンが
小さな籠に入れて供えてあった
いつからそこにあるのだろう
レモンはどれも醜くしなび
レモンというより
檸檬と呼びたい代物だった
そしてこの無残な果実こそ
智恵子にふさわしく思われた

といふあたりで大体第一節は終節によつて結ばれてゐるやに見えた。しかし平田さんはここでは終つてゐないので「もし光太郎が生きていたら／大きく立派な彼の手は／みずみずしさをなくしたこの化け物を／無言で払いのけるだろうが」と付記して光太郎を責めてゐるのである。つまり平田さんは光太郎の「レモン哀歌」に反論するためにゼームス坂病院跡を訪れてこの詩を作つたのだらうと思はれて来たが、案外この訪問も他の動機、つまり雑誌かテレビの企画によるものだつたかも知れないのだ。そしてその機会をさつとつかむのが詩人の手であらう。

因みに漢和辞典（簡単な辞書）を引いてみると、「檬」は一字ではマンゴーの樹をさすらしく檬果はマンゴーの実。「檸」は「ネイ」「ドウ」の音が示してあつてこの一字だけの意味は書いてない。「檸檬」と熟してレモンだと書いてあつた。

川村二郎さんとヘルダーリン

川村二郎氏（独文学者、文芸批評家）が亡くなられてびつくりしたり残念に思つたりした。といつても、わたしと川村さんとのつき合ひは浅く、お互ひにすれ違ひの人生だつた。ただ一度だけ、旧制高校（名古屋にあつた八高）の寮で、ほんの短い会話をかはしただけだつた。氏とわたしは一九二八年生まれの同年なのだが、相手は旧制中学四年生から一年跳び級で高校へ入つた秀才。だから学年からいふと一年先輩で、わたしたちは「川村さん」とよんで尊敬してゐた。（この時のことは「現代詩手帖」三月号にソネットにして発表したから興味のある人はそれを見て下さい。）

その後、ずつと後に、読売文学賞の授賞式（わたしの時ではない）でお会ひして昔話をしたことがあつた程度であつた。ただ、その時の立ち話の余効果だらうか、岩波文庫『ヘルダーリン詩集』（川村二郎訳）を送つて下さつたことがあり、その「解説」には、高校時代にヘルダーリンの本をよんだ体験談が、なつかしさうに書いてあつた。

「訳者が初めてヘルダーリンに接したのは、一九四四年、名古屋の高校（旧制）に入学した直後だつた。戦争末期で本も極度に払底していた時代だが、学校図書館の閲覧室で岩波文庫版の『ヒユペーリオン』（渡辺格司訳）を読んだ。その年の夏には学徒勤労動員で軍需工場に出向させられ、敗戦まである一年を火と油の匂いの立ちこめる工場の薄闇の中で過した。その間に、一九四五年五月のアメリカ軍の空襲で、学校は全焼し、当然『ヒュペーリオン』も灰となった。」

元来、訳書の「解説」にはさう必要とも思はれない説明である。しかし川村さんはこれを言はずにはおれなかつた。この回想は、さらに東大独文科へ進んだあとの、つまり戦後のころにも言及してゐる。そのあたりもわたしはたのしく読んだ。ただ、いかにも文科系の人のキャリアを感じ、自分たち理科の学生で文学好きといつた仲間は、川村さんとは大分ちがつてゐたとは思ふ。わたしの高校入学は一九四五年（終戦の年）の春で、学徒動員に行つてゐたのは川村さんと同様だが、わたし（たち）はファラデーの『蠟燭の科学』とか中谷宇吉郎の科学エッセイとかを読み、工場では『幾何問題集』などを解き合つてゐた。

茂木健一郎などは、この理科文科といふ教養の分別はよくないと言ひ、わたしも今ではさう思つてゐる。しかし、あのころの旧制高校生ははつきり分かれてゐた。

わたしは、木下杢太郎のことを調べて書いてゐるうちに何度もホーフマンスタールといふ詩人文学者にぶつかつた。川村二郎さんには『ホーフマンスタール詩集』の訳本もあつてそれをのぞき読みしたりした。その程度のところで、あの昔の旧制高校の先輩の文業にそつと触れてはゐたのである。しかし、読んでみると（むろん訳書だけだが）ホーフマンスタールも、またいただいたヘルダーリンも、わたしにはよく判らない（むずかしい、といふより肌合ひのちがふ）文人のやうに思へた。従つて川村二郎といふ人も、わたしからみると異境の人かもしれないと思へたりした。

『ヘルダーリン詩集』から引いてみよう。

世の喝采

愛を知ってから　さらに美しい生にひたされ
私の心は浄らかになったのではないか？　どうして君らは
心たかぶり荒々しく　口数多くうつろだった
昔の私の方がよいと思うのか？

八行の詩の前半四行のところである。川村さんによるとヘルダーリンの詩は、もともと定型詩で、さまざまな定型の約束を踏んでゐる。たとへば脚韻といつたこともさうである。しかし、川村さんは、自由散文詩として訳してゐる。このことについては、『翻訳の日本語』（「日本語の世界15」、一九八一年中央公論社）といふ池内紀氏との共著の中で、くはしくのべてゐる。この訳詩訳文論自体が、自分の子供のころの読書体験を回想しながら書かれてゐて興味ぶかいのだが、日本語の訳では、五・七調や七・五調をとつたり、脚韻を踏んだりする方法はできないことを暗にのべてゐるとうけとれるのであつた。

さて、この「愛を知つたあとの浄らかな自分」をよしとする前半を受けて後半の四行は次のやうになつてゐる。

ああ！　世の人が好むのは　市《いち》にひさがれるものばかり
下僕が敬うのはあらけない力に満ちたものばかり。
神の力を信ずるのは
おのがうちに神を宿した者のみだ

なんだ、「世の人（大衆）」や「市（市場経済）」に対する、エリート詩人の反発かと思はれるかもしれないが、これが一七九八年、十八世紀末の作で、当時ヘルダーリン二十八歳と考へると、多少、感想もちがつて来るかもしれない。

それと、わたしなどはやはり、原詩が定型詩であつたことにこだはるのである。この川村訳が美しくないとはいはない。しかし韻律上の美は、すくなくともここにはない。意味を追つて理解しようとするのにせい一杯で、それ以上のリズムとか、ひびきの美しさを感じとる余裕はない。十四行詩でさへ、うまく日本語に移し植ゑることはなかなか困難なのであるが、この八行詩になると、どこに原詩の美があつたのかわかりにくくなる。

もともと、川村さんの追悼のつもりで書き出したのに、何だか文句をつけてゐるみたいになつて申しわけない気分である。もう一つ、好きな訳詩を引くことにする。

昔と今

若い日々には　朝は心楽しく
夕べとなれば涙にくれた。年を重ねた今は
疑い惑いながら一日を始めるのだが
その終りは　浄らかさに満ち晴れやかだ

これもヘルダーリン二十八歳の作である。

一旧友が遠望する北川透

『溶ける、目覚まし時計』で高見順賞をとつたといふ新聞の記事を見て、思はずほつとして「北川さんおめでたう、よかつたね」と呟いた私を見て家人が不思議さうな顔をしてゐた。私は萩原朔太郎賞の選考の時に一度此の本を読んでゐた。此の詩集に対してといふより北川透といふ批評家の書いた詩として論じられ易かつた場面に立ち合つても私から弁護の論は立てなかつた。ただ「北川さんはぼくの長い間の友人なのでとても一口で感想など言へない」といふのがせい一杯の不実な「友人」なのであつた。「現代詩年鑑２００８」に載つてゐる稲川方人、倉橋健一、石田瑞穂の座談会の此の詩集をめぐる発言を読んで少しく心を鎮めてみたがやはり冷静にはなれず三十年を越える北川さんとの交遊の場面場面に思ひがかへつて行つた。

この詩集の帯文にも「荒々しいエロティシズム」といふ言葉がありさきほどの三人の座談の中でもエロスとかエロいとか言つた言葉が使はれてゐるがちよつと違ふのではないか。エロティシズムとかエロスを書くつもりなら北川さんは物と物、事物と事物の性行為などを持ち出しはしないであらう。反エロティシズムでさへない、いはば快楽としての性が消失してゐる現実、あるいは夢に反映されて、より救ひがたい状況に陥つてゐる性をくり返し歌つてゐると思ひたい。私が北川さんの詩集でかうした状況にぶつかつたのはずゐ分と昔のことのやうに思へるがやはりその意図がはつきりしたのは『魔女的機械』（一九八三）といふ或る意味で傑作詩集であつたかと思はれる。今度の「溶ける、目覚まし時計」（此の詩集の第Ⅰ部）を読んでゐると四半世紀前の『魔女的機械』の狙ひといふか五十代の北川さんが何を考へてゐたかがよりはつきりして来た。ミシュレの『魔女』とか民俗学の文献とかあの頃北川さんの書斎へ行くと読んでる本がそこに出てゐて詩を書くのでも批評を書くのでもちやんと文献読みをする姿はまあ私もどちらかと言へばそちらの方だからとても親しく思へたのだ。

北川透を解読するもう一つの系としては誰でも思ひつくやうに雑誌、同人誌の存在が欠かせないだらう。「あんかるわ」は高名だが「あんかるわ」の晩期には当然萱谷規矩雄がからんで来る。個人誌同人誌は北川さんの場合は友人といふか同志といふか何人かの同行者がゐて自ら文学運動の形をとる。かういふ動向は二十世紀半ばごろまでは割に普通にあつたのだが、北川さんのやうに「菊屋」「詩歌句」「九」といふ風に前世紀末までこのスタイルをとり続けた人は他には居ないだらう。

私は歌人としてまた近代文学の研究者のはしくれとして北川さんと交流したから現場を生まで見てゐたわけではない。しかし「菊屋」における北川さんの暴れぶりは目を見はらせたしそこに瀬尾育生といふ若い同行者ライバルの存在がゐたことはしかと見届けてゐたのである。ただ「九」の時のことははるかに離れた場所での出来事だからはつきりと見えてゐたわけではない。「九」の詩は創刊の一九九六年から二〇〇〇年の終刊号まで『黄果論』にほとんど入つてゐるやうだが、この詩集は今度の『溶ける、目覚まし時計』に比べるとよほど読み易い抒情詩（とくに北京に居た中国体験が背景になつた詩）もいくつか混つてゐた。

ここで思ひ出すのは今度の詩集の中で「幕間狂言（インテルメッツォ）」といふところや「ポエトリカ・ゲニタリス（引用）」のところに出てくる花田俊典のことであり、また私的回想も混つてゐてわかり易い「リンネ」の中の「その頃、わたしは海峡を越えてゆく、／一羽の鷗でした。途中で突風に煽られて墜落、／あえない最後、飛び散った羽が、／大渦潮に巻き込まれていきました。／海底で生き返ったわたしは、まだ、流星を摑んだことがなく、／だから詩の練習も始まっていず、／小さな伝馬船で艪を漕ぐ準備も、／詩を書く準備もしていなかったのです。」といふあたりには「詩と真実」の両方が渦巻いてゐるやうに思つて読んだ。「リンネ」は「メタ詩」として読むこともむろんできるけれどここにまき散らされた喩には事実の影がある。北川さんと私は不思議に期を一にして別にしめし合はしたわけでもないのに九〇年代のはじめに愛知県から脱出して一方は西方下関へ私は東京へと行つた。北川さんが故郷の三河を去つて山口県下関へ住んだことはこれは容易なことでなくイカロスのやうに翼を焼かれて海峡の底へ沈んだりまたなにかを力に浮び上がつたりをくり返したであらうことは想像できる。「あなたは、いや、わたしは死ぬことも、／詩を書くことも、泳ぐこともできず、だから、／わたしは決して詩ではありません。」といふのは正直な告白のやうにわたしには聞こえる。誰だつてそれぐらゐの危機はあるさといふ人には黙る外ないが「詩」にも生にも「準備」や「練習」などあるわけはない。そしてこの詩集は今の北川さんにとつては過渡期の一達成のやうに思へるのだ。

田中裕明の句を読む

『田中裕明全句集』が友人たちの手で出版されたのは平成十九（二〇〇七）年七月であつた。裕明は平成十六（二〇〇四）年の暮に白血病のため亡くなつた。四十五歳であつた。わたしは裕明の名は、その生前から聞き知つてゐたが、関西の俳人としては、攝津幸彦の方に注目してゐたこともあつてか、裕明のあの穏和で完成した作風には、特に親近を覚えず過ぎてしまつた。まことに残念であつた。因みに、幸彦も、平成八（一九九六）年四十九歳で急逝してゐる。

さて、俳句や短歌のやうな一行の詩を、わたしたちは読み慣れてゐるから、これを多行詩（現代詩に代表される）とくらべて考へることは少いが、実は一行の詩は、作者あつてこそ読める、読みが深まるのであつて、一行に含まれる言葉だけからは、なかなか鑑賞できるものではない。そのことを示すつもりで田中裕明や攝津幸彦のやうな（一般には知られてゐない）俳人の略歴の一部を、先に書いたのである。

悉く全集にあり衣被　　田中裕明『花間一壺』
蟬とぶを見てむらさきを思ふかな

げんげ田といふほどもなく渚かな
筍を抱へてあれば池に雨
見えてゐる水の音を聴く実梅かな

二十代半ばに出した句集である。「衣被」は秋の季語で、八月十五日の月見の供へものだと歳時記に出てゐる。いづれにせよ、季語季題は詩のための道具にすぎない。やはらかな抒情性が特質だらう。解説する必要もないほど意味は明らかなのに、ばうばうとした感情にさそはれる。表面に出てゐる言葉や意味よりも背後にある湿地の方が広くて深い。かういふ俳句は、さぞかし外国語（印欧語系）には翻訳しにくからうと思ふ。

「悉く全集にあり」といふ断定は、嘆声なのだらうが、なにが全集にあるのか、誰の全集なのかはわざと消してある。ましてそれとキヌカツギとの間になにがあるのか、読者はそれを想像しなければならない。

二句目の「見て……思ふかな」もさうだし三句目の「といふほどもなく」もさうであり、四句目の「抱へてあれば」、五句目では、文体の異様さによつて「見えてゐる水」とその音を「聴く」水とが連鎖するあたりもさうだが、シンタックス（統辞）といつていいのか、それをわざとあいまいにして、読者の想像力を刺激してゐる。

俳句を俳句として読ませるのは、作者の署名だといふことを、先に言つたが、わたしは田中裕明に会つたことはなかつたし、今、全句集の年譜などから、多少の知識をえてゐるだけだ。ただ、あへて言へば、その程度でもいいのである。ついこの間まで、同時代の人として生きてゐて、いつかは会へたかも知れない俳人といふことでいいのである。わたしよりもかなり若い人であるが、「悉く全集にあり衣被」のやうな、あるいは「筍を抱へてあれば池に雨」のやうな謎めいた句を提示してくれただけで充分なのだ。

比較するのには適当とは思はないが、全く時代を異にした人の例として松尾芭蕉の『おくのほそ道』の中から一節を引用してみる。

「黒部四十八が瀬とかや、数しらぬ川をわたりて那古《なご》といふ浦に出づ。担籠《たこ》の藤浪は春ならずとも、初秋のあはれ訪ふべきものをと、人に尋ぬれば、『これより五里、磯づたひしてむかうの山陰に入り、蜑《あま》の苫《とま》ぶきかすかなれば芦《あし》の一夜の宿かす者あるまじ』と言ひおどされて、加賀の国に入る。

早稲の香や分け入る右は有磯海《ありそうみ》」

「早稲の香や分け入る右は有磯海」といふ句は、それに先立つ旅の記録によつて間接に支へられてゐる。直接には、ここに掲げた散文によつて支へられてゐる。散文といつても文語文で、数々の歌枕的知識によつてがつしりと組まれてゐて、ここを読み解くだけでも素人であるわたしにとつては大変だが、さつと読んでも、芭蕉が、歌枕の地を訪ねたいと思つたのに土地の人にいさめられて（宿一つありませんよと脅されて）加賀の国へと入るありさまは察しがつく。その入国の喩として早稲の匂ひと、日本海の光景が歌はれてゐるのもわかる。

田中裕明の句にも、この位の散文の詞書や、旅の記録や日誌（創作でもいいが）が付くのだったらどうだらうと考へてみる。しかし現代の俳人は、旅日記の中に句を置いたりはしないでも、わたしに「わかつた」といふ感じを与へるのである。これはどうしたことであらうか。俳諧師芭蕉と、俳人裕明の違ひといふことでよろしいのかどうか。それともわたしは全く別のものを比較する愚を侵したのか。

平和に耐へること　谷川俊太郎『私』

『私』（谷川俊太郎詩集）をわたしは昨年の暮ごろ、一度拾ひ読みした。拾ひ読みといふか試し読みといふか、新しい詩集や歌集を手にしたときによくやる読み方だ。

引き込まれるやうに何篇かを読むこともある。雑誌で一度読んだこともある詩などもう一度読み直して印象が違つたりすることもある。谷川さんの詩には、若い時から親しんで来た。だから割と気軽に読んでゐたのだが、さて、今度この本について書かうと思つたら、『私』の詩篇は、一つ一つ、重くのしかかつて来た。

詩集のはじめに「自己紹介」といふ詩がある。「私」といふ題のもとに並べられた詩の一番最初の詩だ。

私は背の低い禿頭の老人です
もう半世紀以上のあいだ
名詞や動詞や助詞や形容詞や疑問符など
言葉どもに揉まれながら暮らしてきましたから

どちらかと言うと無言を好みます

詩はこんな風に始まる。この五行を読んだだけでも、手強い詩人だと思つてしまふ。かういふ「自己紹介」をする人をおもしろく思ひながら怖い人だと思つてしまふ。第三節の五行も引いてみよう。

斜視で乱視で老眼です
家には仏壇も神棚もありませんが
室内に直結の巨大な郵便受けがあります
私にとって睡眠は快楽の一種です
夢は見ても目覚めたときには忘れています

かういふ部分を読むと、特にわたしのやうに谷川さんと年齢の近い老人は、自分自身の姿と比べて読んでしまふが、やがてさういふ読み方も、詩人のしかけた罠だと判つてくる。罠といつたつて、愉しい罠であるが。

この詩集には、（これまでの谷川さんの詩集と同じやうに）詩を書く「私」といふテーマがくり返し出てくるやうに思つた。「詩の擁護又は何故小説はつまらないか」といふタイトルの詩さへある。かと言つて、正面切つて小説と詩を比較して論じてゐる詩ではない。軽妙で、冷静で、啓に笑ひを含んでゐる点は、谷川さんのいつものスタイルなのである。
「庭を見つめる」といふ一篇を読んでみようと思ふ。これは「私」が出て「君」について話すかたちになつてゐるが、「君」は詩人その人で、これも「自己紹介」の変型なのだ。

私は知っている
君が詩を読まなくなったことを
書架にはかつて読んだ詩集が
まだ何十冊か並んでいるが
君はもうそれらの頁を開かない

その代わり君はガラス戸越しに
雑草の生い繁った狭い庭を見つめる
そこに隠れている見えない詩が
自分には読めるのだといわんばかりに
土に蟻に葉に花に目をこらす

「詩集」を読まないで、庭の中にかくれてゐる「見えない詩」を読まうとする。いや、読まうとするのではない。「読めるのだといわんばかりに」庭の物象に「目をこらす」だけである。

詩人が、「詩を書くとはなにか」を考へることはやはり不幸なことなのだらう。谷川俊太郎は十代の終りから詩を書き始め、詩を書いて売ることで生活をたてて来たといふ点で、また、そのことに対して自覚的だといふ点で、わたしは驚嘆し、長く敬意を払つて来た詩人である。そして、いま八十歳に近くなつて「庭を見つめる」のやうな、苦しい詩を書くやうになつた。

言葉からこぼれ落ちたもの
言葉からあふれ出たもの
言葉をかたくなに拒んだもの
言葉が触れることの出来なかったもの
言葉が殺したもの

それらを悼むことも祝うことも出来ずに
君は庭を見つめている

この詩は、このやうに結ばれてゐる（まん中の五行は引用を省略した）。谷川さんは、実にさまざまな形と内容をもつた詩を書きながら、そして書き続けながらここまで来た。日本の近・現代詩人の中でも稀な例だと思ふ。「言葉」の外にある存在を充分に意識しながら、それを書かないことによつて、それを歌つてゐるのが「庭を見つめる」なのだらうと思つて、詩を書く人の、当然とはいへ立たされてゐる孤立のやうな位置を考へる。

最近、ローゼ・アウスレンダーの『雨の言葉』といふ詩集を読んだ。また、駱英（ルオ・イン）といふ現代中国の詩人の詩集『都市流浪集』を見た。いずれも訳詩として、読んだのである。昨年は四方田犬彦さんの訳でダルウィーシュの『壁に描く』を、難解さを嘆きながら、文字を辿つた。

アウスレンダーはユダヤ人として戦中戦後を生きたドイツ人であり、ダルウィーシュはパレスチナの人。駱英は現代中国の政治・経済の変転の中を生きてゐる。いづれにせよ時代の中に翻弄されながら、時代と戦ひながら詩を書いてゐた。

戦後の日本の現代では、たしかに時代は変遷したし、革命思想に対して身を処す必要はあつたが、大体のところ詩人も歌人も、平和に耐へて、詩歌を書き、老齢に達した。その点が、これら三人の外国人と違ふところかと思つたりする。谷川さんの『私』を読みながら、わたしの考へもあちらこちら漂流して止まないのだつた。

コンセプチュアル・アートと詩

能登半島にある和倉温泉といふところでNHK学園短歌大会が開かれた。和倉は、ひなびた温泉地かと思つたら、立派に近代化したリゾート地。旅館の窓から見下ろすと、ヨットハーバーなどあり、しやれた美術館や喫茶もある。七尾湾を見わたしながら、千数百年前の大伴家持（かれは越中国守としてこの辺りを航行した）の舟などを想像のうちに、おだやかな波の上に置いてみたりしたのだ。

わたしは、近日中に詩人の平出隆さんと対談することになつてゐる。平出さんとなんの話をするのか、実はまだはつきり決まつてはゐないが、相手の最近の著書を読んでいくのがいいのだらう。さう思つて『遊歩のグラフィスム』（岩波書店）を読み始めてからもう大分たつが、まだ読み終らない。さう簡単に読み終りたくない本といふのも世間にはあるものだ。この本などもその一冊だ。

正岡子規、ワルター・ベンヤミン、河原温といつたこれまでも平出さんの本にしばしば出てくる人たちから始まつて、これも戦後文学では忘れられない小説家川崎長太郎の話が、延々と続くあたりで、わたしは一頁一頁をたのしんで読んでゐる。川崎長太郎の名は、もう一般にはほとんど話題にならないが、戦後すぐのころは、よく読まれた。小田原にすみ、そこの遊女街を題材にした私小説を書いたのだが、学生のころ好奇心もあつてわたしもよく読んだ。題材より、あの独特な文章にひかれてゐたのだと、今度平出さんの引用する川崎長太郎の小説のところどころを読みながら思つたことである。文芸といふのは結局、文章の力なのだ。短歌の場合は定型があるからそれほど自由度はないが、それでも一首の中の文体の力といふものが勝負を決めるのであらう。

わたしが平出隆の名を知つたのは、その第一詩集『旅籠屋』のころだから、ずい分と昔だが、実際に平出さんに会つて対談したり一しよに詩歌を作り合ふ場を共有したのは十年ほど前からだ。岩波書店で行なはれた「乱詩の会」の折に親しくその話をきくことが出来た。『遊歩のグラフィスム』とすこしづつ重なるところもあるので、平出さんの詩集『左手日記例言』を、読み直した。

平出さんは、画家河原温のコンセプチュアル・アート（概念芸術）につよい関心をもつて、そのことを何度も書いてゐる。これは、簡単には説明しにくい概念なのだが、思ひ切つて言つてしまへば「芸術（文芸も含まれる）制作の前に、一つの概念（思ひつき）があつて、そのあとに芸術が出て来る」のである。「方法的制覇」といふ言葉はヴァレリーのものだが、方法が一つのコンセプトとして先行する。

自分の例でわかり易く説明すれば、題詠などといふのも一種のコンセプチュアル・ポエムである。わたしの歌集『二〇〇六年水無月のころ』（角川書店）は、本誌（「未来」）で批評されてゐるのでわかる通り、歌集の「はじめに」にある制作条件を呈示してある。「一、二〇〇六年六月ごろから書き出す。二、朝の時間を選ぶ。毎朝書く。三、小さな書斎の小さな机上に限定して必ずそこで書く。自家製二百字詰原稿用紙に2Bの鉛筆で書く。四、約一箇月で完了する。」これは一首の歌の作り方についての話ではない。それを作るときの外側の状況を限定してゐるだけだ。この四条件は一つの「概念（コンセプト）」なのであつた。わたしはさういふ定義をあとから教へられたのであつたが、知らないうちに、一篇のコンセプチュアル・ポエムを書いてゐたのだ。

河原温（在ニューヨーク。画家）でいふと、デイ・ペインティングといふのがある。毎日、その日付だけを「2008・4・10」といつた風に、画面に書く。精妙に書かれたその画を、わたしはテレビ画面や写真でしか知らないが、他の余分のものを排して、毎日の日付だけ（月名は英語だつたかも知れない）書く。一日書いても完成しなければ破棄する。毎日書くと、同じやうに書いても、微妙にちがつたものが出来る。デイ・ペインティング（日付けのある画）のおもしろさは、毎日歌を書いたり詩を書いたりしたわたしにもよくわかる。出来ばえよりも、さうしたコンセプトに従つて書くことがメインになる。けれども毎日書いてゐると、昨日と違ふ今日を表現してゐることに気が付く。

平出隆さんは、郵便につよい関心をもつてゐる人で、たとへば毎日一通だけ葉書を書いて誰かに出す。（特定の一人に出すことにすればコンセプトが更に純化する。）一通書くだけで、二通以上は書かないといふルールを設ける。これをたとへば一箇月、一年といふ具合に続ける。今でいへばE・メイルで簡単といふかもしれないが、それでは面白くない。一つの葉書は通信であり情報伝達であると同時に、詩である。詩として書かれる。

歌人の石川美南さんが、先日、「セクシャル・イーティング」といふ企画作品をプリントアウトして送つて下さつた。これは「石川美南・今橋愛・永井祐・光森裕樹の4人が、二〇〇七年八月十九日から十二月一日までの一〇五日間、毎日の食事を記録し、毎月短歌を十首詠んで発表したインターネット上の企画」だとのことである。わたしのところへ送られて来た資料には、その食事内容の詳細な表示もあり、毎月作られた十首、それに対する四人の若い歌人同士の批評感想もあるし、このプラン（四人によるコンセプチュアル・アートの共同制作といつてもいい）が終つてから、四人以外の人をまねいて行なはれた（らしい）「反省会」の記録もプリントされてゐた。

最近、詩人の河津聖恵さんが、『神は外せないイヤホンを』（思潮社）を送つて来られた。今度の詩集は、「三十日間、詩を書き続けてみた。」（「あとがき」）といふ結果でき上つたやうである。一作ごとに日付けが入つた、デイ・ポエムである。この日付けが、偶然とはいへ、まことに面白いもので、二〇〇七年七月二十三日に始まり八月二十一日に終つてゐる。わずかではあるが、先の「セクシャル・イーティング」の諸氏と重なつてゐる。そして、わたし自身の『限られた時のための四十四の機会詩　他』の中の書き下ろしの詩は、同じく二〇〇七年八月十六日より九月十五日まで、一箇月書き続けられた。二〇〇七年八月下旬には、お互ひになんにも知らないまま、「セクシャル・イーティング」の四人と河津さんとわたしとは、日付けのある詩歌を書いてゐたことになる。四人の歌人は、毎月十首だから、毎日書いたことにはならないだらうが、食事表は毎日書いてゐたのであり、あれも一種の詩といつていいのである。

若い世代の短歌　穂村弘『短歌の友人』

わたしは穂村弘の『短歌の友人』を座右に置いて、折々に一章読んだり二章読んだりしてゐる。読むたびに少しづつ印象が変る。これは「最近年の短歌のモードをどのやうに捉へればいいのか」といふ、だれでも関心をもつてゐる問ひへの一つの答へである。このごろの歌は、七〇年代あたりまでの短歌とはちよつと違ふなあ、とは皆感じてゐるところだが、どこが違ふのかはつきりとは言へない。「若い世代に限定してみると」といふ条件をつけてではあるが、穂村さんが言ふには⑴「私」の価値の高騰がある。それは⑵歴史や社会といつた「外部」の喪失に対応してゐる。⑶として「イメージのインフレーション」をあげてゐる。似たやうな「イメージ」がどの人の歌にもあふれてゐるといつた印象なのだらう。⑷関係性への希求、といつてゐるのは、わたしには多少わかりにくい。今まで「関係性」といふことばで言はれたのは、人と人との関係性、人と社会との関係性なのだらう。それはごく当り前に存在すると信じられてゐたのが前時代である。たとへば親と子、兄弟姉妹、家族といつた人間のあひだの関係性が現実に失なはれて行く現実がある。だからこそ、わざわざその関係性を希求するやうな歌が出てゐるといふことだらうか。これは人間と自然環境のあひだの関係性についてもあてはまるかもしれない。

(5)として定型感覚の溶解といふことを穂村さんは言ふ。短歌が定型短詩だと自覚されるためには、非定型自由詩が、比較の対象として、つねに向う側にないといけない。これはたしかに、五十年ぐらゐ前の前衛短歌の時代にくらべると、不透明になつてゐる。他ジャンルの仕事がよく見えないし、見えても別段さう異質のものに見えない。このことは、裏返してみれば、短歌の口語化がすすんで、自由詩に近づいたといふことなのかもしれない。若い世代の現代詩を読むと、散文化がごく普通の姿であらはれてゐる。行分けの必然性など弱くなつてゐる。いつでもエッセイや小説や日記としても読まれることができる準備のととのつてゐる散文詩である。この横に、口語化した短歌を連作で置いてみればよくわかるのだが、現代詩もまた、非定型といふ名の〈型〉を失つてゐるのである。

ここまで穂村さんの『短歌の友人』に導かれながら考へて来たが、すぐに思ひうかぶのは、石井辰彦氏の『蛇の舌』といふ歌集である。石井さんは一九五二年生まれだから、若い世代と呼ぶのはためらはれるかもしれないが、その歌が現代の、つまり『短歌の友人』で穂村さんが分析しようとしてゐる時代の歌人の特徴をもつてゐるのはたしかである。

歌ひたい、ぢやないか!世界そのものを、そつくり……ほしいままの心で　石井辰彦
さう言つて、微笑んだ詩人《ひと》……爆弾が〈遠くの〉都市《まち》に降り注ぐ夜《よ》に
詩人は、さ、自由なんだぜ!そのかはり、時として、母国に、嫌はれる

「ほしいままの心で」と題した三十八首のうちの最初の三首をあげてみた。たしかに一首は、記号を別にすれば、三十一音の定型を守つてゐる。おもしろがつて、三十一音を守つてゐるみたいにさへ見える。しかし、一行で（一首で）完結するといふ古典和歌風の定型感覚は、はじめから放棄されてゐるのも確かなのである。「ほしいままの心で」は、書き下ろしの連作で、この歌集の栞に、石井自身が収録した「心情の器、時の器」（初出、二〇〇四年十二月）に、その意図は充分に述べられてゐる。これは、前の時代の短歌がよく歌つてゐた「社会詠」（つまり、「外部」はまだ失はれてゐなかつた！）とよく似てゐるともいへるが、どこか違うやうにも見える。だがそのテーマの話は一応ここでは別にして考へる。さうすると、文語的文体の堅持されてゐた時代の一首独立完結性をテーゼとした短歌とはまるで別のものが、ここには在る。そして、だからと言つて、これは三十八行の現代詩とは違ふなにかなのである。穂村弘のいふ定型感覚の溶解といふのは、かういふあたりからもうかがひ知ることができる。

さて、古いことばだが「不易《ふえき》と流行」といふ古人の見解がある。今まで穂村弘のいふところにしたがつて考へて来たのは「流行、つまり変化して行く様相」についてであつた。しかし、すべて物事には不変の相も、あはせて存在する。それが「不易、かはらないこと」である。なにが変らないかといへば、一つは作るのが人間であり、大体は日本人、この列島に住んで来たセンゴロイドの末裔だといふ人類学的、地理的特徴を共通に持つ人たちだといふことである。第一に、これは人種云々にこだはらないで言へば、日本語といふ共通の言語を使つた詩だといふことだ。

わたしは最近読んだ本ではもう一冊『ウタノタネ』（天野慶）といふ本がおもしろかつた。それは、この一九七九年生まれの歌人が、短歌の作り方といふ点から（入門書めいた書き方をとりながら）現代の短歌の姿を照射してゐたからである。

穂村さんの歌論が、いはば出来上つた短歌の姿について分析しつつ語つてゐるとすれば、天野慶さんは、それを作つてゐる側から、作り方について話すことによつて、現代の短歌の今の姿に迫つてゐるといへる。

『ウタノタネ』の中に、終りの方に「短歌であそぼう」といふ章がある。「遊び」といふコンセプトは、わたしたちが六〇年代から七〇年代にかけて提出するのには、勇気がいつたのであつたが、今はもうなんでもない常識である。ホイジンハやカイヨワの権威を借りなくてもよくなつてしまつた考へ方である。ここで天野さんが「短歌のリズムを使ったゲーム」として推薦してゐるのは「付け句遊び」「付け合い・一句連歌」「鎖連歌」「折り句」「三題話」「回文短歌」のやうな、中世近世以来の歌の作り方である。つまり、歴史への思ひがここにはある。たとへば、単語を三つきめて短歌を作り合ふゲーム三題話として「火・宇宙・夜」をあげて、自作を紹介してゐるのを引用して置く。

宇宙ステーション増設されてゆく夜の路地に残った花火の匂い　　天野慶

日付のある歌集のことなど

辻征夫の詩は、昔から好きだつたが、自分でも精力をつかつて、散文詩を書きはじめたら、辻の詩の巧みさが一層よく判つて来た。「風の名前」（『萌えいづる若葉に対峙して』の中の一篇）は散文詩ではないが、今日目についたので引用してみる。

窓の外に
風がいる

窓辺に行くと
風のやつ
頬にふれる

（お部屋の中を
通っていい？）

（いいよ）

風が吹いて行く
手をさしのべているのは
風の肉体にさわっているんだ

微風のマリー
隙間風のジューン
ミセス秋風

（マタサブロウは
どうしている？）
（知らないわ）

吹きさらしの
暮らしである。

かういふ詩は、行分けと行の数が一定の働きをしてゐるあたり、擬似的な定型詩のやうでもある。作者がどこまで意識してゐたのかとも思ふが、2・3・3・3・3・3・2といふ行数は、意識にのぼつてゐたらう。終りの二行で、自分の今の姿に帰つてゐるあたりが辻征大らしい。「風」といふ素材は、歌ではこんな風には扱へさうにない。

日付けのある歌集としては三冊目になる予定の本をやつと編み終つた。『二〇〇六年水無月のころ』『近藤芳美をしのぶ会前後』(歌集の後半部分だ)そして、今回二〇〇六年九月から二〇〇七年八月まで毎日書き続けた歌稿をもとにして編んだ。結局、コンセプチュアル・ポエムとしての日付け歌集にはならなかつたし、する気持も消えた。一度試行したことをくり返すのは、わたしの流儀ではないと思つたこともあるが、作品が質的に低いことに舌打ちしつつ、口惜しまぎれにとつた処置でもあつた。一冊一冊の本を、それぞれそれを編むときの気分で変へていく。行為そのものが、歌や詩の内容以上に大事になつてゐる。歌集名は、最後に置いた連作から採つて『ネフスキイ』とした。『E/T』『伊太利亜』に続いて書肆山田の鈴木一民さんにお願ひしたので、タイトルも前二冊に似合ふやうにした。因みに、日付けは省いたが、月毎に分けることは、励行した。月ごと歌集である。

最初は、子規だつた。子規について三月に子規記念館(松山)で話したとき、『病牀六尺』で、子規はその死の二日前に芭蕉の『おくのほそ道』の一節を思ひ出して書いたことをとり上げた。「尿前《しとまえ》の関」のくだりの「蚤虱《のみしらみ》馬の尿する枕もと」といふ句をあげて、芭蕉は尿の臭気を気にしなかつたと書いた。それは子規自身の病床や病身から発する匂ひのことを、間接的に、詩のやうに語つたのだといふのが、二十年来のわたしの説だつたので、その点を、子規の病状を解説しながら説いたのであつた。しかしその時、『おくのほそ道』をたしかめたわけではなかつた。気にかかつてゐた宿題を果たすみたいに芭蕉を読み出したのであつたが、『おくのほそ道』が、すぐれて創作的な作品であることがわかつて来た。この点は、昭和二十五年に『曾良旅日記』(同行した弟子の曾良の日記)が学会に公表されてから、一種の定説になつてゐる。『おくのほそ道』と曾良の日記が、事実においてくひちがつてゐることが多いからである。といつて、曾良のが正確な事実のメモで、芭蕉のが虚構だと断ずる根拠はどこにもないのである。そのことよりも、『おくのほそ道』が、やはり日付けのある作品だつたこと、その観点からみると、いろいろとおもしろい感想も生まれるのだ。北陸路に入ると、芭蕉は言葉すくなくなる。このことも従来注目されて来てゐる。散文としては量が少くなるかはりに、俳句は秀句がふえてくる。その辺のかね合ひも参考になるなあと思つて書いたのが、「現代詩手帖」(七月号)の「『おくのほそ道』(安東次男)注解」といふ散文詩だつた。詩自身は思ふ通りにいかなかつたが、書棚にある芭蕉関係の本を片つぱしから引つぱり出して読んだ読書は、おもしろかつた。さきにあげた「尿前の関」の「尿前」は義経の幼君が、ここではじめて排尿したといふ故事による命名だといふことだが、妙な話ではある。つまりこの馬小屋の中で幼君が生まれたといふことだとすると、イエスの誕生伝説と似てくる。もつとも、曾良の日記によると、別段、関守りの家にとまつたわけではないといふのだから芭蕉の虚構ぶりも堂に入つてゐる。そして、ここから、奥羽山脈をこえて出羽の国へ入る難路を屈強の若者に案内されて行くところの描写が力づよい。この章は、やはり秀抜だと思つて読むのだが、なんと最晩年の子規は、この章を、一つ先の尾花沢の宿の話と記憶違ひしてゐたのであるから、厄介である。子規は自分の二十代のころの東北の旅を思ひ出して、そこへ重ねてゐたのである。曾良の日記とその虚構である『おくのほそ道』の芭蕉、そして子規の思ひちがひと三重のテクストがここには在る。人間の嗅覚は、わりに早く消えるものだが、義経の幼君の尿と、馬小屋の尿と、そこから臭気を連想しなければならなかつた子規の鼻と。いずれにせよ、歌にはなりにくく、俳人あるいは俳諧師向きの話題ではある。

俳誌「澤」の田中裕明特集号のこと

雑誌とくに結社雑誌には、「未来」がさうであるやうに、編集のかたちのやうなものがある。目次を開いてみれば、選歌欄が並んでゐて、これがメインである。そして特集といふ名の、評論（研究、批評など）が来る。特集に用ゐられる頁数には限度がある。

俳句の結社誌「澤」（発行人・小澤實）の七月号は通巻百号を記念して「特集／田中裕明」を組んだ。その編集ぶりは、おどろくべきものであつた。いふまでもなく、田中裕明（以下裕明）は、實の師ではないし、師系を辿れば實の師は亡き藤田湘子だし、裕明の師は亡き波多野爽波である。（因みにいふと、わたしは湘子と親しく、爽波のことは名のみ知つて句には関心がうすかつた。）全く師系はちがつた二人だが、裕明と實は友人として競ひ合ひ、仲がよかつた。裕明が白血病で四十五歳の若さで逝つたのは、平成十六年十二月。三年半たつた今年七月号の「澤」は、その裕明を特集した。しかも、四二六頁の百号記念号のうち、二三九頁を「特集／田中裕明」にあててゐるのである。

「俳句界」八月号の「俳句界時評」で林桂は、この特集号をとりあげて論じてゐる。時評五頁を、すべて、この「澤」特集号の論評にあててゐる。「俳壇的にまだ評価の定まらない夭折の作家を特集するのは異例のことであろう。」と林は言つてゐる。俳句界の一つの事件としてとらへてゐるのであらう。

さて、これまでわたしは、裕明のことをとり上げながら、その作品を一つも挙げないで来た。これにはわけがある。

わたしの座右には『田中裕明全句集』（ふらんす堂、二〇〇七年七月刊）といふ、美しい本がある。裕明の死後に編まれ、季語別俳句索引までついてゐる。ほぼ完璧な全句集である。岸本尚毅の句集解題もついてゐる。裕明の代表作を挙げるぐらゐ、なんでもないやうにみえる。ところが、いざ実行しようとすると「まだまだ」といふ内心の声が、それを押しとどめる。

そんなこと言つて、おまへさんは別のところで裕明のことを紹介したではないか、ともう一人の内心の声がたしなめる。確かに。「季刊文科」に連載してゐる「詞華抄」に「田中裕明の句を読む」といふ一文を書いたのは、つい一箇月前のことだ。試しに、あの文章をひつぱり出して来て、そこで引用した裕明の句を写してみよう。

悉く全集にあり衣被
蟬とぶを見てむらさきを思ふかな
げんげ田をいふほどもなく渚かな
筍を抱へてあれば池に雨
見えてゐる水の音を聴く実梅かな

第二句集『花間一壺』から五つえらんでゐた。わたしには、まだ、裕明のよさが本当にはわかつてゐないやうな気がするのだ。『花間一壺』は二十代前半の作品ださうである。二十二歳で角川俳句賞を受賞して、その後に出した句集である。力みがないといへばその通りだし、老成してゐるといへばさうとも思へる。ただ「悉く全集にあり衣被」の「衣被（きぬかつぎ）」は秋の季語であり、八月十五日のお月見の供へものである。「全集」とはだれの全集なのか、「ことごとく全集の中にあるのだ」といふ時の「ことごとく」とはなにを指すのかは、読者に解釈をあづけてある。かういふところは、老成ではなく、若い句の謎かけがあると思つて、わたしはよろこぶ。しかし、全体に、どの句にもおだやかな物言ひがあり、奇をてらつた作風からは遠い。

攝津幸彦といふ俳人がゐる。一九九六年四十九歳で亡くなつたから、ゐたといふべきだらう。この人は裕明より十二歳年長で、裕明と同じく関西の俳人である。わたしは、一度同席して俳句を作つた縁もあり、幸彦が、高柳重信につながる前衛系の俳人であるためもあつて、幸彦に注目してゐた。そのために裕明の、一見するとおだやかさうで、内容は深い作品を見のがしてゐたやうな気がする。なほ、『現代の俳句』（平井照敏編、講談社学術文庫）や『現代俳句の鑑賞101』（長谷川櫂編、新書館）のやうなアンソロジーには、おもしろいことに、裕明は入つてゐるが、幸彦はない。ついでにいふと、裕明の師の波多野爽波も、アンソロジーから落ちてゐる。アンソロジーとは選者により偏向を生むものなのだ。

かういふ風に書いてゐると、わたしが手さぐりであちらこちらと歩きながら田中裕明の句にたどりつかうとしてゐたのがわかる。それと、わたしにとつても「澤」の裕明特集はショックだつたことがわかる。

ここまで書いたところで、わたしは、新鋭ばかり集めた『現代俳句の精鋭』（牧羊社、一九八六年）と、『現代俳句ニューウェイブ』（立風書房、一九九〇年）を思ひ出した。牧羊社のは三巻本で、そのⅡ巻には、田中裕明と攝津幸彦が仲よく並んで入つてゐる。立風書房の方は、「いま、俳句が変りつつある！　新しい俳句の時代をきりひらく新世代作家八人集」と帯文はしるし、この中に裕明は夏石番矢、長谷川櫂、林桂らと一しよに入つてゐるが、幸彦は入つてゐない。因みに、「林桂へ」といふ檄文をわたしが書いてゐた。えらさうなことも書いてゐてちよつと恥かしい。田中裕明について「貴公子乱れるか」を書いてゐるのは高橋睦郎であつた。

さて「澤」の特集号に話を戻すと巻頭に裕明の第一句集『山信』が、そのまま復刻してある。これが見ものであり読みものである。

といふのは『山信』は十八歳から二十歳までの作品一〇〇句から成り、一頁二句の自筆墨書の本で、限定十部だつたといふから、いかにも青年らしい、ストイックで、しかも自負に満ちた本だつた。墨の字の書体は、書道的にいつて巧みなものでもなければ、型通りのものでもない。一字一字丁寧にわかりやすく書いてある。一行の長さが（字数が異なつても）同じやうにしてあるのは、俳句の印刷の常法通りである。友人知己十人にだけ配つたといふところが、まことにすがすがしく、また野心的だ。塚本邦雄の『水葬物語』の百二十部限定といふのを思ひ出させる。誰でもが引く『山信』の代表句は、次の一句。

夏の旅みづうみ白くあらはれし

「七月、流火」考

安東次男は句集『流』（ふらんす堂）にも「於艸堂流火識」（あとがき）と書いてをり、印も「流火草堂」とつくり、扉には「流火」のサイン（鉛筆）が入つてゐた。一体、「流火」といふ俳号は、どこから来たのだらう。次男の師加藤楸邨は本名健雄、楸邨の号は、漢字の印象が気に入つたといふ以外に、楸（ひさぎ）のたくさん生育する村といつた見当はつく。しかし「流火」はどうだらうか。

わたしは安東次男については晩学だ。若いころその詩集を読んだり、訳本のお世話になつたことはあるが、俳人流火については晩く知つた。『流』は折々に読み、その玄人ぶりの句は、端的にいつて好きである。しるしを打つてあつたり、コラムに引用して注釈を書いたものをすこし挙げてみよう。

結局は雀が似合ふ藪椿
人声もさびさびとして青葉鯉
若竹や節をやしなふ通り雨

あき風のほつるるごとく小灰蝶《しじみ》
それぞれの秋を燃やしてゐたりけり
借読をことにすすむる蟲の秋
好物を二度きかれたるしぐれかな
流るるにあらぬ冬菜の離れ行《ゆく》

どの句も一くせも二くせもある作り方がしてある。近世俳諧をつよく意識してゐる。今のいはゆる俳壇の俳句とはまるで違つてゐる。一見、花鳥風月に遊んでゐるみたいでも、どの句にも作者の私生活といふか、人生観がほのかに匂つてゐるが、かといつて妙にアフォリズムくさくはない。

しかし、「流火」の号の由来を教へてくれる作品はない。「火」といふのはさそり座の主星アンタレスのことだとは、かねてから知つてゐたので、「流火」もそれに因んだものかも知れないとは思つてゐたが、星の本をいくつか見てゐるうちに、『詩経』の「国風」(おくにぶりの民謡)の中の「七月」のはじめに「七月流火/九月授衣/春日載陽/有鳴倉庚」と始まる詩行があるのを知つた。松枝茂夫訳では「七月　流《くだ》る火あり」とある。陝西省の農村行事をうたつたもので、むろん紀元前十世紀とかいつた昔の歌だ。この「火」がアンタレスで、「流」とは七月に西へ移動するのを指す。次男は、七月七日生まれ、「七月七日、吾が誕生日」と題した句もある。さそり座の主星は、星空をこのむ人なら誰でも知つてゐる。中国では青龍とよび、日本ではさそりをもつてくる、長大な星座で、夜の夏空を代表する。李白にもアンタレスをうたつた詩はあるさうだが、わたしは「流火」の号の源を『詩経』に求めたいのである。

わたしは今、やつとのことで『芭蕉』『おくのほそ道』など、安東次男の芭蕉追尋の仕事のほんのとば口に立つてうろうろしてゐる。そのまた、ごく初歩のところでおもしろく思ふのは『おくのほそ道』の、出雲崎のところに出る「荒海や佐渡によこたふ天河《あまのがは》」に対して、安東次男がくり返し注釈をくはへてゐるところである。さしあたり、わたしの手もとには一九七一年の『芭蕉』（筑摩書房）と、「奥の細道雑感」（一九七四年）と『おくのほそ道』（岩波書店、一九八三年）があるだけだが、この三種の資料だけみても、その十数年のあひだに、論点がすこしづつ移動してゐる。アンタレスに因んでいへば、火は流れてゐるのである。

連句の注釈は、むろん、ストーリイの探求をもとにして行なはれる。恋の句は、実に地味な形ではあるが――といふのは、和歌における恋の歌、相聞の情のあからさまなのに比較すると、といふ意味だが――まことに渋い表現である。流火艸堂の句は、その点、よく蕉風をつたへてゐる。『流』など読んでゐても、深読みすれば、どこにだつてエロスの芳香は立つのである。

連句と同じやうに『おくのほそ道』のやうな散文詩でも、芭蕉は恋の句を入れることをためはなかつた。それが、出雲崎から市振にいたる、興味しんしんたる箇所である。安東次男の注釈行は、この三篇の資料だけみても、異常なほど、そこに執着してゐる。「荒海や佐渡によこたふ天河」と「一家《ひとつや》に遊女もねたり萩と月」とは、まつたく別の趣向や題材に拠つてゐるかのやうに見えるのに、そこに七夕伝説（男が女へかよふ話）をからみつかせながら、合はせて、恋の句としてゐる。しかもおもしろいのは、七四年の「雑感」では濃厚だつた恋への思ひやりが、八三年の注釈では、やや薄れて、微妙に注釈の核心、星座でいへば主星の位置が、「流」れてゐる。この注釈の重心の移動は、安東次男の公私の生活の、なんらかの変貌を反映してゐたのか否か、これは、艸堂主人を知ること浅いわたしにはまつたく見当のつかないことだが、ここに来て気付くのは、『おくのほそ道』の、出雲崎から市振にいたるあたりは、七月七日をはさむ数日の記録であり、「流火」の誕生日近辺にあたつてゐたといふことだ。

安東次男について

安東次男については、若いころから何となく敬遠してゐた。同じ時代に生きてその文物や創作にふれることのある人の中から、自然に、ある人には好意や親近感を抱く。他の人に対しては読まず嫌ひになつて行く。かういふことは誰にもあるが、その原因や理由については自覚的ではなく、なんとなくさうなつて行く。誰しも身に覚えのあることだが、一生のうちに人が読むことのできる量はたかが知れてゐるのだから、案外この敬遠と親交の傾向（偏向）といふ事実は、大きなことなのかも知れない。

わたしが安東次男の芭蕉論を読み始めたのは、前にも書いた通り、偶然によるものであつて、思潮社から『安東次男全詩全句集』（二〇〇八年七月七日刊）が出ることも実は知らないまま『おくのほそ道』（安東次男）注解」といふ題の散文詩を書いて発表したのであつた。それを発表し、その続篇を作つてゐるときに、くだんの全詩全句集が出た。「現代詩手帖」九月号で安東次男の特集が組まれることになり一篇のエッセイ（散文詩に近い書き方になつたが）を書いた。そのエッセイの始めに安東が、俳人として「流火」といふ俳号をもつてゐた由来について、推測しつつ書いた。

いま『日本近代文学大事典』(学生風に略すれば「日近大」とならうか)――これは昭和五十九(一九八四)年刊の机上版である。今から約三十年前昭和五十年前後の文壇詩壇等の状況を反映した本であるが――の安東次男の項は、一頁四段組の本で六段を使つてゐる。相対的にいつて重いあつかひであり、安東の小照や『澱河歌の周辺』(読売文学賞受賞、一九六二年刊)の表紙写真も入れた丁寧さで安東を紹介してゐた。まことに羨望にたへないのである。当時からこの「日近大」は、詩人に厚く歌人に薄い扱ひであつたことがわれわれの周辺では話題になつてゐた。丁度このころ、「日近大」と同じ講談社から『昭和万葉集』(二十巻)が出ることになつて、上田三四二、島田修二、篠弘と私とが、俗称四人委員会をつくつて毎月講談社の一室で意見交換をした。私などは、昭和四十五年の歌人復帰(五年間歌人を止めてゐたのだ)から間もないころで、心臆しつつ友人たちの間に交つて意見をのべたりしてゐた。(話が逸れたが)その時、この「日近大」の編集ぶりが雑談のタネになつたとき、この事典に島田修二が入つてゐないことを、当の島田さんが苦笑まじりで嘆いたことを思ふのである。一体この手の事典は人名事典の趣がつよい。誰が入り誰が落ち、またその人の扱ひが何段か何行かは、事典の編集者たちの会議できまる。そして、事典編集の時代の一般的評価を大きく反映してゐる。第二芸術論時代のわざはひから、短歌は脱し切れてゐなかつた時代であり、他方詩壇はといへば、いはゆる「現代詩」の元気だつた時代である。思潮社の「現代詩文庫」は、私たちの愛読書であり、目標とする詩人が、田村隆一、谷川雁、山本太郎、黒田喜夫、吉本隆明、鮎川信夫、吉岡実、安西均など目白押しであつた。この「現代詩文庫」は、私の今持つてゐる『谷川雁詩集』の第六刷の一九七一年において三十七冊が出てをり、その三十六番目が『安東次男詩集』である。ところが、わたしの偏見は、いま先にあげた田村や谷川、吉岡らを尊重して、安東次男は敬して遠ざけてゐた嫌ひがあつた。これは一つは、安東の詩集『蘭』とか『人それを呼んで反歌という』が難解だつたためもあるだらう。つまりわたしは、安東のいい読者ではなかつたのである。

ところで、安東の「流火」といふ俳号の由来であるが、この「日近大」では——といふことは今から三十年以上前に、大岡信が「『詩経国風』中の「七月流火」の詩句にちなんで流火と号す」と書いてゐた。わたしのエッセイは無知をさらした形になつてをり、「流火」の「火」がさそり座の主星アンタレスを指してをり「流」とは、その星の位置が「七月」(旧暦だから、晩夏)に「流れる(うごく)」ことを言つてゐることから、二、三補足したまでであつた。なおこの「流火」の号には、安東が七月七日生まれであることがかくされてゐるのである。

そこで、といふわけでもないが『CALENDRIER』(カレンダーを意味するフランス語。因みに、安東の忠実な弟子だつた歌人の小中英之の『わがからんどりえ』といふ歌集名はここから来てゐる)の中の「七月」に当たる詩は「唇音」であつて比較的短いからここで写して読んでみよう。

そらの
泡そらの
買物籠
お尻を

だして
墜落する

天使たち
手傷を負つてころがる
むこう向きの裸体

屋根のない exile だ

都会の谷間に
笹舟のように
寄る二つの傷口

は昏い静物たちだ
その静物たちから
ひろがる夜をぼくは知つてる

行分けの仕方が現代詩風に「またがり」をしてゐるのは、その効果を含めて短歌とは違ふ詩法である。「exile」は国外追放（者）、亡命（者）でいいのかどうかもわからない。まことに書くことは無知を知ることであり、偏見を反省する機会でもある。ただ、この詩でも第三節の「屋根のない……」から始まる四行と、終節の三行の静かな苦悩の表現には、共感できるのである。一九六〇年代、安東次男はこの時三十代のはじめだつた筈である。

（附記。「日近大」といふ略し方は「ぼくはもう、疲れましたと日国大。捨て鉢はおよしと大漢和」（原梓）に倣つた。）

鈴木志郎康『声の生地』を読む

一見わかりやすさうに書いてあるが、複雑な詩集で、実にいろいろな回想を引き出してくる。巻頭の「隙間問題」を例にとれば、

その日も地下鉄のホームにいたわけですが。
入ってくる電車とホームの間に
スーッと一本の隙間が生まれて、
それがわたしの頭に巻き付いたということです。

といふ四行からしてきはめて修辞的な書き方である。「その日も」の「も」はいつもよく地下鉄を使ふ日常を暗示し、後に出てくる「電車とホームの間に隙間が出来る。／わたしの場合だと、地下鉄。」の前準備をしてゐる。

一篇は「隙間」といふコンセプトを、物と物の間の隙間から、人と人の間の隙間にまでさまざまに転用しながら、「隙間問題」を論じてゐるやうな外観をとつてゐる。しかし、作者の本意はど

こにあるのか、かうして思ひついたことを、次から次へと、書きつらね言ひまくつてゐるやうな饒舌体の行きつく先には、

うーん、隙間の取り方がねえ、どうもうまく行かない。
何だか分からなくなってきた。

といふ二行がある。かうしてみると、初めのところにあつた「スーウッと」といふ隙間の出来方と、「うーん」といふ最終部のうめき声といふか、てれたやうな嘆声、この二つのオノマトペにあるいはすべてがあるのかも知れない。そして、「隙間問題」は、かくして読者であるわたしたちと、作者鈴木氏との間にも確実に存在するわけで、作者のレトリックは、多彩に用ひられて、特にオノマトペあたりにその極致があり、それは、作者の無意識にとつた姿勢をあらはしてもゐるだらう。

此の詩集は、前半と後半とで、すこし違ふ印象を与へることが、選考会の席でも話題になつた。たしかに、後半部に書き下しの数篇がある。特に「記憶の書き出し」といふ数篇の幼少年期回想のかたちをとつた作品は、ちよつと率直すぎたり、文体が散文的に乾いてゐたりするので、多少異和を感じさせもするのである。だが、この「記憶の書き出し」の数篇にこそ、この詩集で作者の言ひたいことの中枢があつたのかも知れないと、くり返し読んでゐるうちに思はれもしたのだつた。

「記憶の書き出し　焼け跡に建った家」といふ二十頁にわたる長篇詩がある。長篇詩であるが、俗語をまじへたおしやべり口調だから、大へん読み易い。しかし、その読み易さがあるいは曲物なのかも知れない。この詩のなかにも、オノマトペが出てくる。

ポト、ポト、ポト、ポト、ポト、ポト、ポト、
ポト、ポト、ポト、ポト、ポト、ポト、ポト、
ポワーン。
確かに、あの時間を生きていたけど、
思いは、忘れてしまった。
ポワーン。

といふ六行は、リフレィンされて詩に四度出てくる。（その第五行目は少しづつ変はつてゐるが。）回想の中の具体的な記述は、この六行によつてはぐらかされるといふべきだらうか。それとも、この六行こそ、そして「ポト、ポト、ポト、ポト……」といふオノマトペこそ、詩の真実をあらはしてゐるといふべきなのか。

大野晋によると、日本語には抽象名詞がきはめて少いかはりに、オノマトペが豊富であつて、抽象名詞はほとんど輸入した漢語（明治以後は欧米語のカタカナ語にも）にたよつてをり、オノマトペによる物事の感覚的把握が日本語の得意とするところらしい。思弁よりも感性といふのが、

オノマトペ優位によつてあらはされてゐるといふわけである。とすると、この「ポト、ポト、ポト……ポワーン」は回想のなつかしさと、忘却のやるせなさを感覚的に表はしてゐるともいへる。

絵を描く悦子さんと一緒に生活する、そう心に決めて、
日本放送協会のフィルムカメラマンに就職した。
ええ、えっ。どうなってんの。というところで、

といふ最終節のところの告白調が、やがて例の「ポト、ポト、ポト、ポト……」の二行を挟んで、

多くのことを忘れてしまった。
父も、母も、悦子さんも、もういない。
ポワーン。

と結ばれてみると、詩の中に出てくるランボーや荷風やディドロの話のおもしろさよりも、「ポワーン」の迫力（?）の方に、気をとられてしまふのである。

萩原朔太郎賞選考のこと

今年の「萩原朔太郎賞」は、鈴木志郎康さんの『声の生地』にきまつた。候補詩集が六冊あつたのだが、中ではこの詩集がもつとも迫力があつた。作者は七十三歳。六〇年代のころから「プアプア詩」といふあだ名でその詩は有名だつたのだが、その後作風はどんどん変つた。今回の『声の生地』（作者は「こえのきじ」と読んでほしい由）でも、たとへば「極私的ラディカリズム」の、

70年、生きてきちゃった。
もうあと10年、そこがいいとこかな。

で、極私的ラディカリズム
ってことを考えた。狭さに徹すること。

などといふ部分だけ読むと、すらすらと読めるみたいな錯覚をおこすかもしれないが、それでは

作者の知的戦略にひつかかつてしまふ。なるほど、私的かも知れないが、その中でも「極私的」なのであり、ラディカル（過激）なのである。作者は、あの手この手で、古い手法から新しいレトリックまで使つて、言ひたいことを言つてゐる。

毎日、体操もしてますけど、
肝心なのは、やはり言葉だ。
身体のカオスから出てくる言葉。
言葉で時間を刻む。単語の数が生きている時間だ。

なんてところでも「体操」に「言葉（の体操）」が対照させられてゐる。「言葉で時間を刻む」とか「単語の数が生きる」とかいふ表現もかなり微妙である。

この詩集では後半部に書き下ろしが何本か入つてゐて、そのいくつかが「記憶の書き出し」といふ回想風の作品。戦時下から戦後にかけての幼年期の「焼け跡つ子」の回想である。今、短歌界でも、加藤治郎さんの『雨の日の回顧展』や、穂村弘さんの「短歌研究」連載の連作や笹公人さんの歌集の幼少年期のアニメ・キャラを使つた歌などが注目されてゐるが、鈴木志郎康さんの詩は、一見してごくまともな回想作で「記憶」から書き出してゐるのではあるが、

記憶を反芻するのは嫌だね、

と思いながら、
ファ、ファ、ファ、フォッ。

といふ風に連発される擬似的なオノマトペはなんだらうか。わたしは「新潮」に書いた選考記では、他の作品の超オノマトペについて書いたが、鈴木さんのオノマトペは通常のものではない。今、「短歌研究」で小池光さんが、興味ぶかいオノマトペ論議をやつてゐるのと関連するが、定型詩である短歌のオノマトペと、現代詩（散文詩、行分け自由詩を問はず）における超オノマトペとは違ふみたいだ。かつて加藤治郎さんが試みた超オノマトペとも味がちがふ。レトリックの極北にあるオノマトペに注目したのであつた。

今度、山崎佳代子さんの『アトス、しずかな旅人』といふ詩集も読んだ。休刊してしまつた「るしおる」（書肆山田）といふ雑誌に「ベォグラード日誌」が連載されてゐて、毎回わたしは愛読してゐたのだが、一九五六年生まれの詩人で、ベォグラード在住。国際的にも生きるのに困難な場所であるベォグラードに住んで、数々のエッセイや詩をつむぎ出してゐる。

しかし、その詩は、抒情的といつてよく、どこにも政治的なメッセージはないやうにみえる。そこが、また、「日誌」の緊迫した記述と違ふ詩の与へられてゐる（この詩人にとつての）位置なのだらうが、多少、歯がゆい思ひもしてわたしは読んだのだ。「とおらない日、落葉樹」といふ一篇を読んでみようか。

「たくさんのうつくしい情景が
おしよせてくる
それが詩にかけない」
急いではいけない
ゆっくり待たなくてはいけない
きっと書ける

ここまでは、いはゆるメタ詩、詩を書くことについての詩である。ここからなにが出てくるのかと注目してゐると、

唇はひび割れて
「もう五日間も
不通なんだ」
(まさか)

といふふうに意外にも身体の不調、便秘の話が二人の会話に出てくる。この会話の主といふのもちよつとはつきりしないところがあるが、
「「あなたは善い人だ／善い人は人より苦しむ」／(天使め) しずかな影がよぎって」といふ「天

使」が出現したりするところも西欧だなあと思ひ、「善い人は人より苦しむ」といふのは本当かも知れないと思ったりする。

鈴木志郎康さんがどんどん戯画化するところを、山崎さんは、まことにきまじめに書いてゆく。

「神様にお祈りしてきてよ
ウンコが出るように」

わたしたちは笑った。

の「わたしたち」とは一体誰なのだらうと思ふうちに、詩は「冬の窓に木の葉が震えていた／(天使のささやきに)」と結ばれてゐる。

茂吉の歌の解釈について

斎藤茂吉の歌についてはたくさんの人が評釈やら感想やらを書いて来た。茂吉の歌は、表面上わかりやすい歌でも、奥が深いといふか、謎めいてゐて、注釈する側にたのしみがあるのであらう。茂吉は、大きな存在であり、ふつうなら近づきがたいはずだが、伝記がいくつも出てゐるためか、親しみぶかいやうな錯覚を抱く。性格や経歴について一応の把握をしたつもりで、その上に立つて歌の解釈をする。たのしいはずである。

近年出た評釈のうちでは（あくまで管見の限りでの話だが）小池光の『茂吉を読む』（二〇〇三年、五柳書院刊）は、すぐれた評釈書で、小池のエッセイストとしての力倆を示してゐるが、茂吉の歌の解釈といふ点でも、おどろくやうな見解を示してゐるのだ。

たとへば茂吉の『寒雲』といふ戦中歌集（本誌（「季刊文科」）上でも松本道介氏が先号の「視点」でふれてをられる、いはゆる「支那事変」の、その当時の歌を含む問題歌集である）の中の、

ドイツ製の兜かむれる支那兵に顔佳《かほよ》きをみなご立《たち》まじる壕《がう》　茂吉

といふ一首をとり上げて、なぜ「支那兵」が「ドイツ製」のヘルメットをかぶつてゐたのかを論ずる。小池は、かういふ時も「支那兵」といふ用語を〈中国兵〉などと呼びかへない。その点もわたしは共感を覚えるのだが、「その当時はまだ米英ソに加えて、ドイツも軍事顧問団を派遣して蔣介石政権を支援していた」ことに触れ、「ヒトラーのドイツが日本の体面を考えて蔣介石支援から引き上げるのは後になってからである」と言ってゐる。

だからこの歌の「ドイツ製の兜」は、ドイツからの「援助物資」だといふ。「ああいう鍋型のヘルメットは東洋人の丸い頭蓋にはずいぶん不調和であろう。そうして女性兵もいる。中にはひどく美形の若い女性もまじっている、という歌である。」と小池光は、まづ書く。

ついでながら、小池光は昭和二十三年生まれの純粋戦後世代。私は昭和三年生まれ。わたしは、南京陥落のときの提灯行列を名古屋市に住む小学生として体験し、ぼんやりとその記憶がある。そのわたしからすると、親の世代からの言ひ伝へはあつたにせよ、大かたは書物その他の知識によると思はれる小池の解釈は、明快ではあるが、どこか明快すぎるやうな気がしないではない。

さて、それはそれとして、小池の調査によると、右の茂吉の歌はニュース映画（茂吉はニュース映画をみるのを好んだことは、よく知られてゐる）に取材した時局詠かと思つたら違ふので、茂吉の見た夢の歌なのださうである。根拠は茂吉の随筆『童馬山房夜話』にある。その中に詳細に書かれた夢の場面と、右の「ドイツ製の……」の歌は細部まで一致する。それを「夢の一場面」とはどこにも断ることなく歌にして発表するあたりが茂吉の茂吉らしさである。「いうならば茂吉にとって夢は映画のようなものであり、映画は夢のようなものであった」といふ小池の大胆な断定の正否は別として、茂吉の歌を読むときには、かなり準備が必要なことがわかる。「夢であろうがニュース映画の一場面であろうが、印象に残る歌である」ことは、小池のいふ通りであつて、茂吉が「支那兵」の中の「娘子軍」について、どのやうに烈しい偏見（といつて片付けていいかどうかは問題だが）を持つてゐたかを傍証として挙げながら、小池の評釈は、さらに深く進む。

以下、余談かも知れないし全くの余談でもないかも知れないので書くが、わたしは「支那事変」以後の戦争も幼少年期に体験した世代の一人で、体験したといつても生命の危険をおぼえたのは米軍の大空襲の下ですごした十箇月ほどであつたが、それでも戦後世代の書く戦争の話には、どんなに調査の行き届いた理路整然とした記載があつても、かすかに感覚的違和を感ずる。加藤陽子氏の史書（明治から昭和までの戦争史）など、冷静で明晰であり、ルサンチマンがないだけ説得力があり、わたしはよろこんで読む。（因みに加藤氏は昭和三十五（一九六〇）年生まれである。）さうではあるが、どこか客観的すぎる感じもある。それに、「支那事変」関連のすべての文章についていへるのだが、戦後六十三年日本と中国のあひだは政治経済軍事スポーツその他について対立やねぢれが厳存し、お互ひに偏見を抱いてきた歳月であつたから、過去の歴史としての「支那事変」についてのいかなる叙述についても、この現在の歴史的現実が色濃く反映せざるを得ない。

一体、茂吉の『寒雲』の評釈など、やれるものであらうか。小池光のやうな歌人ならできるだらうが、長い間茂吉について同様の文を書いて来たわたしなどは、いろいろと現代の歴史書をのぞくたびに、ためらひを感じ評釈の不可能性をおぼえる。小池光の『茂吉を読む』は、すぐれたエッセイ集であるが、それが明快で説得力に富むばかりに、かへつてわたし自身の世代意識を自覚させるのである。

子規・聖書・墓参

このごろ、また、『聖書』を開くことがあつて、文語訳のそれと、現行の口語訳とを比べて読んだ。短歌で文語と口語が対立してゐるのと同じく『聖書』も、従来、歌人のあひだでは、文語訳がよいとされて来た。塚本邦雄がその代表で、わたしも同じ意見であつた。あらためて、『福音書』(たとへば岩波文庫の塚本虎二訳)を読み比べてみたのである。

まず、実例を示さう。「マタイ伝」第七章のよく知られた章句である。

「求めよさらば与へられ尋ねよさらばあひ門を叩けよさらば開かるることを得ん。そはすべて求むる者はえ尋ねる者はあひ門を叩く者は開かるべければなり」(昭和九(一九三四)年刊『旧新約聖書』による)

わたしは、多少よみやすいやうに漢字などを変へたが、文体そのものはそのままだ。これを塚本虎二訳で示すと次のやうになる。

「ほしいものはなんでも天の父上に求めよ、きっと与えられる。さがせ、きっと見つかる。戸をたたけ、きっとあけていただける。だれであろうと、求める者は受け、さがす者は見つけ、戸をたたく者はあけていただけるのだから」

これは昭和三十七（一九六二）年の「あとがき」によるとずい分長い間の翻訳事業の末にできたものである。米国聖書協会刊の文語訳聖書とて、長い経過を経て改訳を重ねてゐるから、昭和九年における日本人の文章語への対応と、この塚本訳の文体意識とは、どちらもその時代における産物として、比べてみることができるだらう。ついでに、今一番よく読まれてゐる「新共同訳」（昭和六十二（一九八七）年）を写してみる。

「求めなさい。そうすれば、与えられる。探しなさい。そうすれば、見つかる。門をたたきなさい。そうすれば、開かれる。だれでも、求める者は受け、探す者は見つけ、門をたたく者には開かれる。」

かうやつてみると、文語訳の聖書のイメージが、わたしには、かなり遠くなつてしまつたのを感ずる。「求めよさらば与へられ」云々の迫力は、ずい分と減つてしまつた。といつて「新共同訳」の「……なさい」調はまのびしてゐて、とてもいいとは言へない。また塚本訳は、解説的にすぎるし、日本語のリズム要素である音数律についての配慮（といふか感覚）が乏しい。かうなれば、現在の時点で、現代語訳ではなく、新しい文語訳の聖書を作つてみてもいいかなどと思つてしまふ。これは、歌人としての感想といふことにもならう。なぜなら、短歌だけが、現代では、からうじて、文語調の日本語を使つてゐるからであり、詩はもとより、俳句でさへ（それが短いためもあつて）短歌ほど、文語調を残してはゐないからだ。

一体、どうして、短歌は、文語（一口に文語といつても、古典文語との境があいまいになつてゐるのは周知のことだが）から離れられないのだらうか。こんな基本的な疑問が、かうして聖書の訳文を比較してゐるうちに、胸中にうかんで来た。参考までに、聖書を、イエスの語録としてとらへた『イエスの言葉』（ジョン・ドミニク・クロッサン、秦剛平訳）から、該当部分を引用しておく。これはまた思ひ切つた現代語訳である。いつそ、この方が今では、魅力も迫力もあるともいへる。

「もとめろ、そうすりゃ与えられる／さがせ、そうすりゃ見つかる／たたけ、そうすりゃ扉はおまえたちの前に広く開かれる」

十月二十五日、夕方、根岸の子規庵で、詩人の平出隆さんと公開対談することになつてゐた。今回は、あまり準備はしないつもりであつた。「女十句集」などの資料が公開されるさうだときいてゐたが、「女十句集」（女といふ題で一人十句づつ作つたものを回覧して互選するものらしい）についての解説は、平出さんの口からききたかつたのである。

ただ、なにも読まないといふのも心もとないので、柴田宵曲の『正岡子規』（岩波文庫）を少しづつ読んだ。いはずと知れた名著であつて、わたしは今までにも、何度かこの本のおかげでいろいろとヒントをもらつたことがあつた。

子規の句集といへば『子規句集』（虚子編）もさうだが「寒山落木」（子規自編のもの）から抄出することが多い。宵曲の本では、明治三十一年に子規の作つた「無可有州七草集」から子規の句を選んで話をすすめてゐる。その中に、次の句があつて目を引いた。

秋の蚊や畳にそふて低く飛ぶ　　子規

なぜならば、すぐに斎藤茂吉の次の歌が思ひうかんだからである。

ひとときもためらはざらむ馬虻《うまあぶ》が畳のうへをひくく飛ぶ見ゆ　　『石泉』昭和六年

むろん、茂吉が子規の短歌ではなく、その俳句をどのくらゐまで読み込んでゐたかはわからない。茂吉の子規関係の文章を精査してからものを言ふべきところでもあらう。茂吉は子規の歌集を、その没後に読んで歌を作りはじめた。子規とは生前会ふことはなかつたが、二十年ほど同時代を生きてゐたのであつた。「畳にそふて低く飛ぶ」と「畳のうへをひくく飛ぶ」とは、おそらく、無意識のうちの伝染があつたのだらうと思はれる。それほどまでによく似た描写である。

以前から気がついてゐて、書いたこともあつたが、子規の最晩年の句「黒きまで紫深き葡萄かな」（明治三十五年）と、

沈黙のわれに見よとぞ百房《ひやくふさ》の黒き葡萄に雨ふりそそぐ　　『小園』昭和二十年

とは、おそらく、遠い縁戚関係があるだらう。短歌や俳句は、短詩型であるだけに、中に含まれる文句同士に、縁がむすばれやすいのである。ぶどうを「黒」といふことは、ごくふつうに行な

はれてもいい。ただ、紫がきはまつて「黒」と見られるといふ表現には、どことなく「黒イコール死」といふイメージをさそふ力がある。これが子規の死のすぐ前の句だけに、よけいに象徴的な黒を思はせるのである。茂吉の場合は、敗戦にうちひしがれた魂のみてゐるぶどうの「百房」(むろん、たくさんの房が垂れてゐるところ)であつた。「黒き」といふのは、「沈黙のわれ」に対置されたものの色として捉へられるべきだらう。沈黙は、声の死であるといつてもいいであらう。とすれば、子規最晩年の黒いぶどうと、類縁をもつ表現だといつても、強弁ではないであらう。

子規庵は、いつ行つても、そこをとりかこんで聳え立つラブホテルの群に圧倒されてしまふ。今度は、とりわけそのことがつよく感じられた。空襲による焦土から復元されたのであるから、まはりのホテル群とはいはば同じころの発生なのであつて、古いものが残つてゐたのを、新しい建物が無遠慮にとりかこんだのではない。それにしても、子規庵の古風なたたずまいと、その谷底の一軒家めいた存在のあり方とが、恐怖にちかいやうな感情をさそふのである。わたしは、釜田初音さんに子規庵の庭を案内してもらひながら、あの太々と垂れてゐるへちまの実ですら、人工のものではないかとさへ思へたのだ。

このことが、その一週間前に、はじめて訪れた山形県の新庄市の印象をよびおこした。わたしが新庄へ行つたのは、墓参のためであつた。家内の父方の祖先は、新庄藩の氏族の出で、その墓が、新庄にあることは前から知つてゐたが、このところ誰もそこまでは行かないときいてゐた。たまたま、山形市で「現代詩人会」の会合があり、わたしは招かれてそこで講演をすることになつてゐた。会の前に、足をのばして新庄へ行つたのであつた。

以前、酒田市へ行つたときにも感じたことだが、日本の地方都市は、皆一様にさびれた感じをうける。これが、ヨーロッパの地方都市の印象と大きく違つてゐるところだ。新庄もそのカテゴリーを脱することはなかつた。

どの都市もプレハブ調のやすつぽい洋式の建物がつづいてゐて、昔の日本の瓦屋根の家が少いといふこともあらう。道が道草ののびるままになつてゐて、小さな空地が多く目につく。それと、土曜、日曜だといふのに、ほとんど歩いてゐる人をみない。メインストリートでもさうなのである。

寺は、あまり手間をかけることなく見つかつたが、目的の墓を発見するのにはちよつと時間が要《い》つた。寺の住職にきいてそれと知るまでには、倒れてころがつてゐる古い墓石をさがしたりしてゐた。家内が墓を洗つたり花をそなへたりしてゐるあひだ、まはりを見まはして寺の様子を知つた。大きな寺である。近世以来の氏族の墓所らしい風格だが、惜しいことに、塀がなくなつてゐる。門もはつきりしない。地所内にいくつも住居が建つてゐる。鐘楼もあり、古い寺の庫裡もあるが、新建材の住居になつてゐる。寺の経営上の苦心が、時代と共に、かういふ形をとらせたのであらう。ここにも雑草は茂るままになつている。過疎化はなにも商店街ばかりに見られるわけではない。ヨーロッパなら、修道院や教会が、観光用にといふこともあつて、見事に復元されるところだが、この由緒ある寺は、無縁化した古い墓石は倒れたまま、新しい黒御影石の堂々たる墓石群のあひだに、いかにもあはれにみえる。一体、墓とは、なんなのであらう、といふ思ひが、また、わたしをつよくとらへた。数年前、岡山県岡山市郊外にある一日市の岡井家累代の墓地をおとづれたときのことをわたしは思ひ出した。岡井家の墓も、江戸時代以来のものがたくさんあつたが、すべて今では竹群におほはれ、なに一つ見当らなかつたのだ。

新庄で墓参を了へてから山形市へ行き、その翌日、八十名ほどの詩人、歌人たちの前で「現代詩入門　短歌の意味と韻律」といふ話をした。わたしは、赤彦の『歌道小見』（著名な入門書であり歌論書でもある）を例にひいて、「このごろ、歌も詩も、それを作ることは〈道〉なのだと思はれてならない。それは赤彦の『この道や遠く寂しく照れれどもい行き至れる人かつてなし』といふ歌を思ひ出させるやうな一人歩む修行の道に外ならない」と説いたが、いく分かはあの墓参の余響もあったらう。

アウスレンダー『雨の言葉』を読む

夕ぐれ、また早朝「けさのことば」（中日新聞朝刊コラム）のために、本を読み本の頁を漁る。ローゼ・アウスレンダー（ドイツのユダヤ系女流詩人・故人）の『雨の言葉』に何度目かで目を通す（加藤丈雄訳）。

だれが私のことを思うだろう
私が逝ってしまったあと

餌をやっている
雀も思い出してはくれない
私の窓の前の
ポプラも
緑のお隣
北公園も

友人たちは
小一時間悲しみ
そして私のことを忘れてしまうだろう

私は安らぐだろう
大地のふところで
大地は私をつくりかえ
そして忘れてしまうだろう

ローゼが、一九〇一年生まれで一九七五年まで世に知られることなく詩を書き、一九八八年死んだ人であること、ユダヤ人故といふより、あの時代を生きた一女性としてつぶさに辛酸をなめたことは、右のやうな詩の感情の根底をなしてゐるだらう。もつといへばユダヤの老人ホームに孤独に生きたといつたことより、われわれ人間すべてが、右にあげた「だれが」といふ詩のやうな感想につねにおそはれる存在であることが大切だ。

これは、わたしが老人だから、さう思ふばかりではないだらう。たとへば古代ローマの哲人皇帝マルクス・アウレーリウス（一二一—一八〇）がくり返し注意したところでもあつた。

あらゆる行動に際して一歩ごとに立止まり、自ら問うて見よ。「死ねばこれができなくなるという理由で死が恐るべきものとなるだろうか」と。

（『自省録』神谷美恵子訳）

死は誕生と同様に自然の神秘である。同じ元素の結合、その元素への分解であって、恥ずべきものでは全然ない。なぜならそれは知的動物にふさわぬことではなく、また彼の構成素質の理法にもふさわぬことではないからである。

（同）

さて、もう一篇、ローゼ・アウスレンダーの詩を写してみよう。「わからない」といふタイトルである。

なぜ今まで生きてきた
私にはわからない　そのわけは
まだこれからも私の呼吸は続く
いつそれがやむのか　そして
噴水の言葉は
窓の向こうの
ポプラをはきだす緑は
犬の鳴き声　そして日曜の鐘は

鶫《つぐみ》の声　錯綜する騒音は
血で血を洗う兄弟の争いは
また　この歯の痛みは
ずきずきする頭の痛みは
ああ　捨て去られた魂は
なぜ　なんのために

私はわからない
それでいい
何も私はわからない

大へんわかりやすく、心から共感しつつ読み、ここでわたしは一たん中座して、ある会議に出かけなければならない。わたしには「わからない」原因によつてわたしは、さういふ立場に立ち、行動をとる。「私はわからない」が、しかし「それでいい」とも思つてゐるのである。その会議が終つてから「ヴィルヘルム・ハンマースホイ」展を見た。上野は霧雨で美術館も文化会館も、十九世紀の世紀末デンマークの色調を帯びて、絵の風景に同調してゐた。さうだ、室内と一人の女人だけで一枚の印象ふかい絵が成り立つのであり、あるいは人間は不在でも室内だけで生活をあらはすこともできるのだと思つて、帰つて来た。

先日、ある会合で、「北原白秋と斎藤茂吉」といふ話をした。わたしたちは二十世紀末にあらはれたニュー・ウェーヴ乃至ライト・ヴァースの歌を知つてゐる。ある意味で二十一世紀の初めの歌は、その連続といつていい。ところで、二十世紀の世紀初めを飾つたのが白秋、茂吉らのエキゾチズムまたは南蛮文学の歌であつた。そんな話をするために調べてゐたら、

雨……雨……雨……
雨は銀座に新らしく
しみじみとふる。さくさくと
かたい林檎の香のごとく
舗石《しきいし》の上、雪の上。

白秋『東京景物詩及其他』

君かへす朝の舗石さくさくと雪よ林檎の香のごとく降れ

『桐の花』

という二種のバリアントについて考へこんでしまつた。片方は雨の詩。もう片方は雪の歌なのであるが、両者の詩想のわづかなずれを詩型のせゐだけにしてもいいのかどうか。

Ⅲ

――ゼロ年代を超えて

水無田気流『Z境』を読む

大野晋の晩年のメッセージ『日本語の教室』（二〇〇二年）の中に、日本語の詩に脚韻がありえないことを説くところがあつた。中村真一郎（「マチネ・ポエティク」）の実践家だつた）に向かつて、「マチネ・ポエティクの詩は成功しているとは私には思えない」とつめよる場面がでてくる。また同じ問題のむしかへしかと思ふ人もあるだらうが、押韻の不可能性といふのは、長篇の詩（ホメロス、ダンテ、ゲーテ等々の詩のやうなもの）が日本の近代には生まれず、かへつて小説（散文）の側に抒情的な詩的散文が成立したといふ事情にかかはるので、折々に思ひ出したやうに話題になる。別に長篇の詩で、朗々と誦《とな》へることができるやうなものなど、いらないではないかと言つてしまへばその通りなのだが、なにごとにまれ西欧を真似て来た詩歌としては、ないものねだりも折々に試《こころ》みる。

今回は新しい詩、若い二、三十代の詩人をとり上げて読んでみようと思つた。とくに韻律の側に即してよんでみようか、と思つた。たとへば、話題になつてゐる水無田気流の『Z境《ぜっきょう》』の中の「時間凍結弾《タイム・フリーズ・ミサイル》」をとりあげてみる。

おそらく
私たちをやんわりとしめつける
この幸福は　惨劇と等価なのだろう

夕方
嗅覚を浸食する終焉のにおいは
安らぎと　記憶されていくのだろう

「時間凍結弾」といふ奇妙なタイトルからは「時間」の課題が作者の頭の中にあるのだとだけ知つて置けばよい。「夕方」といふやうな時刻の指定。「やんわりとしめつける」とか「安らぎ」のやうな和語（うたことば）と、「幸福」「惨劇」「等価」「嗅覚」「浸食」「終焉」「記憶」といつた漢語（概念用語）とのあひだにはつきりした対立（詩語としての対立）がある。しかし作者は学術論文でも書くやうに、漢語を選択する。

言はれてゐることは「この幸福」と釣り合つたかたちでおきてゐる「惨劇」である。そして、夕方の鼻粘膜が嗅ぎつける「終焉」の匂ひでさへ「安らぎ」としてわたしたちの頭には記憶されてゆくといふことで、あるいはごく当り前のことを作者は指摘してゐるのかもしれない。

この詩には、近代詩の犀星や朔太郎の詩のもつてゐた韻律美は、もう無いし、作者もそれを求めてゐるとは思へない。それでも、読者がすこし安心するのは、一行目の「おそらく」と四行目

（第二節の初行）の「夕方」といふ詩行の対照と類似である。そして、三行目の「……なのだろう」と六行目の「……のだろう」とは、無意識のうちに擬似的な脚韻をふんでゐる。これは、声に出して誦むときには、プラスに働くだらう。
すこし省略して、十三行目へ行くと、

私たちは
日々　幸福である

おそらく
夏の終わりに膨張する舗装路のうえで
私たちは
えんえんと握手する

といつた詩行の展開を見る。十三行目の「幸福」は三行目の「幸福」と同じやうに見えてアイロニーは深まり、逆説とさへ思はれる。わたしなどが、この観念性思弁性のつよい反抒情詩のなかで、どこかで安心を覚えるのは「夏のおわりに」といつた「時間」を「凍結」する詩語である。

夕凪が世界を覆っても

くりかえされるのは
不幸にもみたない握手の群れ

といつた「夕凪」。あるいは後の方で出てくる「明け方」「夕闇」といつた時間指定にも覚えるのだが、作者は概念語の中へ、自然界の時の一瞬の凍結をこころみてゐる。「不幸にもみたない握手の群れ」などといふ言ひ方は、なかなか解読しにくいが、「世界を覆」ふ「夕凪」といふ風景は、ひろびろと、詩の風景として見えてくるのだ。このあたりが、この詩（四十三行十七節）のまん中辺であつて、相かはらず「……いくのだろう」「……しまうのだろう」といつた、各節の最終行の脚韻は、（すべての詩の節にわたつてゐるわけではないが）一定の力で韻律の上に奉仕してゐる。

トケテクトケテク、夏の青
ズレテクズレテク、太陽線
ミエテクミエテク、路面上
カケテクカケテク、君の声

といふ四行がある。音数律として四・四・七の四行で、むろん、作者は、これをまともな音数律詩として、書いてゐるのではない。ひややかに近代詩の韻律をパロディ化してゐるのである。韻律美は、美といふより美の反対として考へられてをり、「マチネ・ポエティク」の理念は、戦後詩人の常識として、軽蔑されてをり、それは大野対中村のやうな理論と実践の対立さへ、無化してしまってゐるといへるが、しかし、全く韻律面の効果は生じてゐないかといへばさういふことはない。

この詩の最終節は、

つねに
私たちをやんわりとしめつける
この惨劇は——
幸福と、等価なのだろう

といふので、明らかに初めの節の畳句《リフレイン》を奏でる。

新国誠一から藤富保男へ

　年末になつてから、おもしろさうな本や雑誌がたくさんやつて来た。「風通し」（斉藤斎藤編集）、「新彗星」2号（加藤治郎選歌欄の人たちの雑誌）、「pool」6号（石川美南が中心になつてゐる雑誌。多田百合香も入つてゐる。今度の号では水原紫苑のゲスト出詠がある）。その他「歌クテル」とか「Snell」2号とか。詩人を中心にして歌人が加はつてゐるものでは「ガニメデ」44号があり、この厚い雑誌は、かねてから「編集後記」（武田肇氏）が辛辣なのが有名。今号では、わたしの私的関心でいへば、詩人の小笠原鳥類さんが「動物、博物誌、詩――岡井隆の動物の短歌についての感想」といふエッセイを書いてゐるのは熟読したいと思つてゐる。といふのも、「季刊文科」にわたしが連載してゐる「詞華抄」に鳥類さんをとり上げようか水無田気流の『Z境』にしようかと迷つてゐたぐらゐで、紙面の容量を考へて、今回は気流さんのを、と思つてゐた。先を越されてしまつた。林浩平さんがわたしの『鷗外・茂吉・杢太郎』を読みましたよといふ手紙と一しよに「『硝子』の詩学――木下杢太郎における物質的想像力の一面」といふ「国文学研究」にのつた論文の抜刷《ぬきずり》も送つて下さつたのでぜひ読まなきや、などなどまだまだ、たくさんあるが、年末にちよつとした洪水現象をおこした書物や雑誌の中ではまずは、「未来」の表紙絵（詩であつて絵ではない）の解説で、

一、二度触れてゐる新国誠一の作品集にふれたい。
『niikuni seiichi works 1952-1977』といふのだが、印刷の都合もあるから『新国誠一Ｗｏｒｋｓ一九五二―一九七七』といはうか。思潮社刊。松井茂さんと金澤一志さんの解説つきで、ＣＤ一枚もついてゐる。

一体、わたしたちが毎日接してゐる漢字や仮名文字の視覚的印象（あへて言へば〈美〉のことだが）と、その意味とは、口頭言語（しやべりことば）の音韻と意味の関係にくらべて、どう違つてゐるのかといつたことを、拡大鏡にかけたみたいに、つきつけて来るのが、具体詩（わたしが、「未来」の表紙でもしばしば使つたやうな、文字――それはアルファベットであらうと漢字のやうな象形文字であらうとおなじだが――を配列配合することによる視覚詩）である。

今度の新国さんの本では、昔一度だけ（一九六〇年代後半のころ、この本の年譜によると一九六七年、新国さん四十二歳のときらしい。「北里病院に入院」とある）お会ひして、その時いただいたが、もう今は手もとにない『0音《ゼロ》』（新国さんの具体詩集）が、そのまま収められてゐる。これは、ここで紹介するわけにはいかない（印刷上の話だ）けれども、ちよつと気になつたのは、作品の原版の大きさは、どの位のものだつたかといふことだ。わたしが『ぼくの交遊録』で紹介したやうに、オランダのライデン市では、建物の壁面一ぱいに、新国さんの「川または州」といふ代表作が掲げられてゐた。わたしたちは、その作品を、外気と天然光の下で、街歩きしながらいろいろな角度から見たのであつたが、その迫力と、かうして本の一頁にきれいに収まつてゐる場合とでは違ふのであるが、この問題は、新国さん自身どう考えてゐたのか。まだこの本も、わたしの手もとへ来たばかりで、よく見ても読んでもゐないので、これから折にふれて考へてみたい。まだ「音声詩14篇を収めたCD」も聴いてゐない始末だから、ね。

新国さんの同志ともいふべき詩人の『藤富保男詩集全景』（沖積舎）が送られて来たのは、文字通り狂喜したぐらゐであつた。わたしは藤富さんの詩はかねてから遠望しながら惹かれてゐたのである。この分厚い一冊には「文字文字する詩」といふ具体詩入りの詩集を含めて「未刊を含む29詩集」が入つてゐるといふから嬉しいではないか。『言語の面積』といふ詩集の中から「関係」といふ一篇を、偶然そこを開いたといふだけの縁にたよつて読んでみようか。

遠慮と恐縮はどちらが先か

どちらも先を急いで
天使のように
遠のき
縮まって
粒になり
からまり合う　かまきりの重なりのように

尊大と奔放がゆっくり立ちあがる

そのすき　うかがい
遠慮して皺だら
毛一本ぬいてもらっている女のよこで
ぼくは　あなたが好きだ　と
恐縮しながら　どなっている男あり

窓辺には光の葉くわえ
キジバトが恐縮と遠慮の眼で見ている

藤富氏は、一九二八年生まれ、つまりわたしと同年であつて、この『言語の面積』は一九七七年刊。四十代の作品集である。

ふつう藤富氏といへば「言語の視覚的・音韻的な解体と再構生を狙った、機知とユーモアに富む特異な詩法」(『集成　昭和の詩』の解説) といはれるのだが、この「関係」といふ短詩にも、その片鱗はうかがへる。

これは、男女の間にある「関係」における「遠慮と恐縮」といふ二つのことばを「解体」したこころみだともいへる。「遠慮」は、遠くの方から相手の出方をおもんばかるといふ意味の文字だが、ふつうわたしたちは「まあ、遠慮しなさんな」などと使ふとき、字の形や原義は忘れてしまって使ふ。「まことに恐縮です」などと言ふときも同じで、「恐れて縮こまる」といふ原義は捨て去られるがこの詩ではとりあげられる（「皺だら」→「皺から」か?）。「遠慮」「恐縮」「尊大」「奔放」といふ漢字がそのまま人格のやうに立ち、そしてからみ合ふ。最後にキジバトがあらはれるのは抒情的風景だが、かれもまた「恐縮」し「遠慮」してゐる。

〈視る詩〉の読み方

わたしは新国誠一に一度会つたことがあり、それは今度の詩集の年譜でわかつたのだが、一九六七年、六月から十二月まで氏が北里研究所付属病院（北研病院と通称されてゐた）に入院中のことであつた。新国さんがゆかた風の病衣を着てゐた記憶があるから夏のころだらう。わたしはといへば、当時その病院の勤務医をしてゐたが、医師と患者の関係で会つたのではない。一九六三年に紀伊國屋書店からわたしの出した『短詩型文学論』（金子兜太との共著）の中の韻律論を読んで、わたしに会ひたいと言つて来られたのである。なにを話したかは忘れたが、『0音』をその時戴いたやうに記憶してをり、わたしは新国誠一の詩的実験に共感して話したに違ひなく、その時の氏の嬉しさうな笑顔が思ひ浮かぶのである。

もう一度縁があつたのは二〇〇〇年の夏オランダを旅した時、ライデン市の建物の壁に、新国の著名な作品「川または州」が大きく掲げてあつたのを観たことである。『ぼくの交遊録』（二〇〇五年、ながらみ書房）といふわたしの旧著から引用すると、「あはいベージュ色のレンガの壁面に、黒のペイントで書いてある。」「詩は見上げるほどの高さに大きく展示してある。」といふもので、その年が日本オランダ交流四百年の記念の年だつたための展示だつたのか今でも残つてゐるのかはわからない。

このことをわざといふのは、建畠晢氏が今度の新国詩集の解説で言つてゐる「それは頁なのか、あるいは一枚のプレートなのか。新国誠一の視覚詩を前にして、私たちはそう問わざるをえない」といふ、視覚詩（それは詩であつて絵でない、と一応言つて置く）のうけ取り方のおもしろさといふか、むづかしさといふかそこのところに関はるからである。ライデン市の壁面展示は、「頁」ではないに違ひなく、どちらかといへば「プレート」だらうが、壁画といふのとも少し違つてゐるやうに思へた。しかし、観てゐて、印象は鮮かであつたのだ。

この二度の新国誠一との出会ひが、わたしに新国氏の仕事を少しく単純化して見させてしまつてゐたのである。『新国誠一　works 1952–1977』を読みながら、そして眺めながら、また四人の解説を読みながらわたしは新国誠一の詩の複雑さを思ひ知るのだ。

たとへば「視覚詩」といふ言ひ方と「具体詩」といふ呼び名がある。わたしの蔵書は全く貧しいが、からうじてレクラム文庫本の『visuelle poesie』と『konkrete poesie』の二冊。それと同じくミュンヘンのピナコテーク・モデルネへ行つたときに買つた『JAPANISCHE VISUELLE POESIE』がある。新国氏の七〇年代の仕事の同志ともいへるピエール・ガルニエ、イルゼ・ガルニエ夫妻の作品なども、かいま見てはゐる。そこで〈視る詩〉といふのと〈コンクレーテ・ポエジイ〉といふのとの間の区別はなんなのか、区別する必要はないのか、そんな初歩的なところでさへ、今のわたしは判つてゐない。

わたしは、六月に武蔵野美大であるといふ展覧会も見た上で、ゆつくりと考へ、また愉しませてもらふつもりでゐる。今のところ、わたしの知らなかつた〈音詩〉の領域を含めて、CDを聴いたときの印象もやや複雑であつたから――つまり必ずしも肯定的にはうけ取れなかつたといふことだが――今後検討して行きたいと思ふのだ。

それにしても、ガルニエ夫妻の仕事にしても新国誠一の作品（といふより実験とよんだ方がいいのだらうが）にしても、ある時代の産物としてだけ話題になつて、そのあとの継承とか発展とかはなかつたといふことなのだらうか。もしさうだとすると、それはすべての前衛的試行の通例として、民衆的な風俗のレベルで消化されつくしたのであらうか。

松井茂さんの仕事が、（わたしの偏見かもしれないが）ひどく孤独にみえるといふのも、コンクレーテ・ポエジイの宿命のやうにも思へるし、いや、さういふ見方は正しくないので、新国誠一の作品の一つ一つに対して、その読み方を皆で議論するといふのも大事ではないのかなどと思ひは乱れるのである。（ついでながら、わたしは不思議なご縁で、松井さんをその大学生だつたころから知つてをり、わたしが、短歌の朗読の仕事へ深入りしたきつかけも十数年前の松井さんのよびかけに発するのである。）

たとへば「川または州」であるが、これは漢字の形・音・意味のうち、形と意味をとらへてゐるといふ点では、音がぬけてゐるとみるべきだらうか。この「頁」または「プレート」または壁画は、ふつうの絵画を見るときのやうに、まづ全体を遠景として眺めて、次に川をたどり、更に州をたどるのだらうか。さうしたときに「または」といふタイトルの意味は、「川と州（の関係）」といふタイトル以上のものを示してゐるのではないか。形象としてもこころよいのだが、意味

（または音）を加へるなら、もう一段大きな〈視る詩〉になるといふことなのかと考へ込んでしまふのだ。

『神曲』の邦訳を読み比べてみる

　長篇の詩を書くといふのはわたしの年来の希望であつた。といつてなんのあてがあるわけではなく、方法も見つからない。わたしの頭にあるのは、韻文としての詩であつて散文詩ではない。韻文といふことになると、音数律（日本語の等時拍リズムの原則からするとこれに立脚しないと韻文にならない）による外ないし、大ていは五・七調または七・五調あるいはそのバリアントになるだらう。それを無意識のうちに踏んで書くことになるだらう。ここまでは容易に想像できるが、その先へは実践を通じてでなくては渡れない。

　長歌といふのが万葉以来あつて、これも一つの瀬踏みである。中・近世の歌謡にも、長歌とちがふリズムを持つ、やや長目の詩があるが、どちらもわたしの考へている長篇詩からみるとはるかに短い。西欧の例でいへばゲーテの『ファウスト』やダンテ『神曲』あるいはさかのぼってホメロスの『オデュッセウス』のやうな何千何万行の詩が、長篇詩である。従つて短時日にでき上るわけではない。

「現代詩手帖」では「ダンテ『神曲』地獄篇」が連載されてゐた。二月号で「地獄篇」は終つた。四元康祐の労作で、訳者はドイツ文学にくはしいから、翻訳の原本は、英語版とドイツ語版の

『神曲』だといふことが文末に示してある。すこし前に「図書」(岩波書店)でイタリア文学者による新訳が試みられてゐた。『神曲』はフィレンツェ方言のイタリア語つまりラテン語ではなく俗語で書かれたといはれてをり、原文に即するならイタリア語からの翻訳といふことにならうが、わたしが欲するのは日本語による訳詩(訳者の創作に外ならないことは、鷗外訳の『ノアウスト』をみてもよくわかる)であるから、原本はなんであらうとかまはない。

岩波文庫には、山川丙三郎訳が収められてゐる。これは大正三年から大正十一年の間に出たものを一九五二年に三冊本にして文庫化したものだからずい分と古い訳だ。四元訳とあはせるために、「地獄篇」終章の「第三十四曲」のはじめのところを引いてみる。

濃霧起る時、闇わが半球を包む時、風のめぐらす碾粉車(こひきぐるま)の遠くかなたに見ゆることあり (山川訳)

文語調だが、きちつとした五・七調ではない。七音句が並んでゐるのに気づく位だ。

濃い霧が湧き起っても、あるいは闇われらの半球を包んで夜となっても、粉をひく風車の姿は遠くから望み見られるように (寿岳文章訳)

わたしの見てゐるのは集英社文庫版であつて寿岳は英文学者であつた。この節が言ひさしになつてゐるのは、「ように」という比況語のあとに「それと似た大廈《たいか》が、いまたしかに私の眼に映った気がする。」と続くからで、寿岳訳は、現代語訳である。よみやすいが、散文調で、とくに詩とよぶこともないやうな気がする。

『神曲』については、わたしは以前から気になつてゐた。キリスト教の思想による、神への解釈といふ意味でも興味があつた。しかし山川訳を覗くたびに、その文語調に閉口してゐた。久保忠夫さんが、一九二九年版生田長江訳（『世界文学全集』新潮社）を貸して下さつたのは、わたしの嘆きをきいたためであつた。生田訳は、ロングフォロオ訳からのいはゆる重訳である（後半はノオトン訳からの重訳）。重訳は、従来、原文訳よりおとるといはれて来たが、それは学問研究上の話。よい日本語つかひの訳者を得れば、重訳でかまはない。たとへばアンデルセンの『即興詩人』は、原文訳も世に行なはれてゐるが、鷗外のドイツ語からの重訳が、日本近代文学では正しいので、あれにまさるものは、今から出てくるわけもない。そこで生田長江訳を引いてみよう。

濃き霧の吹き起るとき、または我等の半球の夜の闇に包まるる時、風の廻す碾粉車の遠くに見ゆる如く、この時我はその如く造られし物を見しと思ひぬ。

わたしたちのやうに、七音や五音に敏感になつてゐる歌作りは、一々かぞへなくても、生田訳が、五・七調とそのバリアントで綴られてゐるのが、すぐわかる。

長篇の詩が、日本語として可能な場合を考へてみると、いくつかの条件がありうるだらう。一番さきに考へつくのは、小説やドラマのやうに、おもしろい筋（プロット）があることだらう。少なくとも次々に場面が展開していくことが必要だらう。芭蕉の紀行文、たとへば「野ざらし紀行」（「おくのほそ道」より短いが散文詩的に緊迫した行文がある）のやうなものをとつてもいい。蕪村の「新花つみ」については、わたしは『詩歌の近代』でとりあつかつたことがある。日本語による長篇詩となると、筋を立てることが第一だが、それと同時に、散文詩の中へ、短詩型文学、短歌や俳句、川柳を組み込んで歌文集（韻文と散文のくみ合はせ）をしてみるのが、有効なのかもしれない。

四元康祐訳の、同じ部分を引用する。

遠くの方に風車がひとつ、大きな羽根を廻してた／濃い霧が地表に沈み始めたせいか、／それとも日の光が暮れてきたせいか／／俺にはそんなふうに見えたのだった　（四元康祐訳）

なんとなく四元訳が一番よみ易いやうである。これは、現代詩の書き手が、半ば創作詩としてこれを書いてゐるからだらう。「廻してた」とか「俺にはそんなふうに」とかいつた俗語平談調も効果をあげてゐるやうに思へた。わたしたちが、長篇の詩に期待するのはおもしろいプロットや、日本語の音数律の活用によるリズムのよさ、つまり朗誦できるやうな調べだけではないだらう。もう一つ現代詩の今まで築き上げて来た、現代文――その中には当然、古語や俗語やときには外国語をもまじへて、よみ易くて親しみやすいといふことが要求されるのだらう。

わたしは、今まで怠つて来たので、これから、四元氏の訳で、はじめから「地獄篇」を読んでみたいと思ふ。むろんその時、山川訳以下、数氏の先行作品にもふれることができたらいいのだが。

中国詩の伝統はどこにあるのか　『北島詩集』

隣国である中国の現代詩については、関心がないわけではないが、戦後は、政治情勢にはかり気をとられてゐて、知る機会も少なかつた。わたしのやうな定型ごのみの歌人からすると、中国でいはゆる漢詩（『唐詩選』に出てくるやうな定型詩）が作られなくなつた（ときいてゐる）ことがおかしいので、自由詩と一しよに、伝統的定型詩を作り続ける詩人がゐていいはずだと長く思つて来た。

今度『北島《ペイタオ》詩集』（是永駿編・訳、書肆山田刊）といふ、まずは全詩集といつた形の本が出たので、時々ひらいて読んでゐる。北島は、中国詩にうといわたしなどでさへ、早くから聞き知つてゐた名で、亡命詩人であり、ノーベル文学賞に何度もノミネートされたともきいてゐる。「一九四九年北京生まれ。高校在学中に文化大革命が勃発、卒業を中断、十年にわたり建築現場の肉体労働にたずさわる。」と帯文にある。八九年の天安門事件をめぐる活動の結果国外逃亡、ヨーロッパやアメリカに住み、このほどやうやく香港の大学の先生になつて落ち着いたやうにきいてゐる。

分厚い大冊『北島詩集』の頁をひらいてみたところ、比較的初期に属する「感電」といふ詩が出て来たので、これを写してみる。

感電

わたしはかつて一人の形無き人間と
握手をし、悲鳴とともに
わたしの手はやけどをし
烙印が残った
わたしが形ある人々と
握手をすると、悲鳴とともに
かれらの手がやけどをし
烙印が残った
わたしは二度と他人と握手ができない
手を背中に隠すしかない
ところがわたしが天に
祈り、手を合わせると
悲鳴とともに
わたしの心の奥深く
烙印が残った

十五行の詩であるが、四行目の「烙印が残った」、八行目の「烙印が残った」、そして最終行とおのづから韻をふんでゐるやうに見える。内容としても初四行が「起」、次の四行が「承」であり、その次の三行はあきらかに「転」である。そして最後の四行（四行ととる方がいいのだらう。さうすると「転」の部分は三行になり、「転」から「結」へは句またがりをおこしてゐることになるだらう）は、結だ。起承転結の構造をもち押韻もあるといった意味では、擬似的には定型詩で、西欧詩でいへばソネットに近い。それを作者が意識してゐるかどうかは別であるが、中国詩の伝統をうけ継いでゐるといってよい。

内容は、むしろわかりやすい。起承転結に従って展開する。自分と「一人の形無き人間」との感応する関係から始まってゐる。ここでいふ「一人の形無き人間」とはなにか。次節に出てくる「形ある人々」と比べられるだらう。「わたし」の側が握手によってやけどをしたのは「一人の形無き人間」とのこと。相手が悲鳴をあげて、相手の手に烙印がのこる場合は、相手は「人々」であって複数である。「一人の形無き人間」とは、人間を超えた自然とか政治とか時代とか国とか民族とかいった高次の概念を擬人化したものなのかもしれない。第三節のところで「他人」といふ言葉が出てくるが、これは「人々」と、「一人の形無き人間」とをあはせたとも見られる。そして結びの節は「天」への祈りである。天は神ともいひかへていいが、中国の伝統に従って「天」といふところも興味ぶかい。この詩の中に「手を背中に隠すしかない」といったしぐさの描写があある。北島の詩には、思想性のあらはなものが多いやうに思ふが、比喩の中には具象的な詩句があつて詩を支へてゐる。
「きみが言う」といふ相聞風の抒情詩があるので引用してみる。

　　きみが言う

わたしは暗号でドアをノックする
きみが言う、春よ　お入り
わたしはゆっくりと帽子をとる
鬢《びん》が霜や雪に濡れそぼっている

きみを抱きしめようとすると
きみが言う、あわてないで、おバカさん
体をびくつかせている一匹の小鹿が
きみの瞳の中を駆け抜ける

誕生日のその日
きみが言う、いや、贈り物なんていらないわ
そしてわたしのカシオペアが

早くもきみの頭上にまたたく

十字路で
きみが言う、離れないで、永遠に
あかあかと光るヘッドライトが幾筋も
二人の間をつきぬけていく

若いころの甘美な十六行詩である。四行四連の構成。各節の二行目に必ず来る「きみが言う」というフレーズ。各節の終行には「濡れそぼっている」「駆け抜ける」「またたく」「つきぬけていく」といった動詞の現在形が来ること。「春よ　お入り」の一行は、「わたし」は人ではなく「春」なのだと気付かせ、相聞の形で全く別のことを暗示してゐる。それは思想の春、政治の卜の開放と開花なのかもしれない。一見、自由詩型とみえる中に、定型詩の伝統が息づいてゐるのだ。

わたしにとつての三冊の詩書

二〇〇八年の年末に「憎しみの火とはなるまい　かすかなる書物嫌悪の今朝の思ひの」といふ歌を作つた。さらに「一冊を産《う》みたるのちの鬱のとき　しかもかたはらに遊ぶ数冊」と追ひ討ちをかけてみた。

詩作は思索に外ならない。それはよく判つてゐる。そして、思索の源は読書である。つまり「書物の森」を散歩したり、その奥へふかく分け入つたりすることから、いくつかの手続きを経て、詩を作ることに到達する。森のなかの小さな草原が、詩なのである。

さうだとすると、〈詩を作るための、詩想を思索するための、三冊を提出せよ〉といふ命題に対して、「書物嫌悪中につき、いささか時間がかかるのでありますす」などとも言つてをれないのである。

わたしが、『注解する者』の終つたあと、考へてゐるのは、いくつもあつて、いはば積み残しである。その中から無理矢理三つ挙げてみようか。

㈠、『聖書』（旧約、新約、外典を含む）
㈡、ウィトゲンシュタイン『論理哲学論考』

㈢、『万葉集』あるいは『古事記』といふことになる。㈠と㈡とは翻訳であるが訳者によつて幾種類もあるのがわが冠たる翻訳文化圏の嬉しさともいへる。㈡は通常の詩書ではない。しかし、秀抜なアフォリズムの集まりとうけとつても、誰にはばかることもあるまい。わたしは、一年以上にわたつて、この訳書（多種ある）に親しまうとして来たが、まだ相手の許しはえてゐない。門前払ひのままで、寒風にさらされてゐる。

わたしは、長篇の詩の、日本語による可能性について時々考へる。翻訳詩でもかまはないのだが、出来れば創作詩がいい。『ネフスキイ』（歌集）『鷗外・茂吉・杢太郎――「テーベス百門」の夕映え』（評論集）を書いたときに二年ほどかかつたが、『ファウスト、一部二部』（ゲーテ原作、鷗外訳）を読んだ。読むとは活字の列を序文から後記まで辿ることを意味しない。それにまつはる批評や解説や他の人の訳文をも併せて読むことに、自然になつて行く。『ファウスト』はたしか六十年位かけて完成された。長篇詩とはさういふもので、読むのに二年かかるなんてことは当り前の話だ。ところで『論理哲学論考』も、「一　世界は成立していることがらの総体である」（野矢茂樹訳）から「七　かたることのできないものごとについては、ひとは沈黙しなくてはならない。」（藤本隆志訳）まで、七章にわたる長篇の哲学詩だといってもよい。訳者の意識が詩へ傾くときは散文より詩行に近づく。わたしは時々『TRACTATUS』（原文はドイツ語。左頁にC・K・オグデンの英訳がつく）を開いて原文や英文のひびきや構文を勝手な感受を通じて愉しんでゐる。すると、一層、長篇詩の趣が匂ひ出してくる。

『旧・新約聖書』は、今さら持ち出すまでもない厖大な詩篇である。何度となく訳し直されてゐることからみても、もう日本語のテキストになつてゐる。最近、新共同訳で「創世記」を読んで、そのおもしろさにおどろき直した。長い間、文語訳を最高のものとする多くの人の意見に同調して来たが、こだはりを捨てて読めば、新共同訳でも、関根正雄訳（岩波文庫）でも、わるくない。気に入らなければ、自分で訳し直せばいいのである。

『聖書』から始まるのだが、最近、長い間の宿題にしてあつた、ダンテの『神曲』に注目してゐる。本誌（「現代詩手帖」）でも、四元康祐氏の「新訳名詩抄」が載つてゐる。「地獄篇」だけとつてみても、一体、「地獄」つてどんな場所なのかといふ宗教哲学的な問ひから入つて行くと、各訳者のよみ比べの向かう側に、広大な未踏の詩の領域が、ひろがつてゐるのがわかる。「図書」では河島英昭氏の連載が近年行なはれてもゐた。一見すると、わたしたちから遠いやうな『神曲』の思想も、なぜあのやうな長篇の詩となつたのか、手許にある数種の訳文を読み比べながら、これを『聖書』のダンテによる読み替えとして『神曲』は、（日本語による長篇の詩の一つとして読めば）おもしろかろう。

日本の古典としてだけ『万葉集』を挙げたわけではない。今読める日本語の詩の本として、一巻から二十巻まで、近世から現代までの先人たちに教へられながら、あくまで日本語による短詩または長詩（長歌や漢文体の散文）として読んでゐるのである。『古事記』の方が、筋もあるし、一章ごとに物語性もある。長篇詩としては、この方がいいかもしれない。だが、『万葉集』のもつ、日本語の素朴な重い光は捨てがたい。

「注解する者」の「注解」の歩みの中に、詩が生まれることを、今のところ信じてゐるのである。「注解」の道は乱脈を極め、この三冊を、さし当り挙げてはみたが、明日はまた別の三冊を選ぶことになるかもしれない。

ホーフマンスタールの翻訳のこと

ホーフマンスタールといふオーストリアの詩人がゐる。十九世紀末から二十世紀初頭に活躍した人で、森鷗外も注目して翻訳もしたがとりわけ木下杢太郎につよい影響を与へた。

わたしは「テエベス百門の夕映え」を本誌（「未来」）に連載したとき、当然ホーフマンスタールに触れないわけにはいかなかつた。しかし、この人、なかなか難解なのである。若い杢太郎はこのホーフマンスタールの作品を原文で読み感動したのだつた。

ホーフマンスタール（一八七四―一九二三年）

木下杢太郎（一八八五―一九四五年）

こう並べて書くと、ほぼ同時代の人だといふ感じになる。ホーフマンスタールが五十五歳で脳卒中で死んだのは日本でいへば昭和四年。杢太郎が六十歳で胃癌死したのは昭和二十年。

ホーフマンスタールの作品は、岩波文庫の『チャンドス卿の手紙』（檜山哲彦訳、一九九一年）が手に入り易く、わたしも先づこれを読んだ。「バッソンピエール元帥の体験」といふ小説などわたしにはおもしろくて、たしか歌集のあとがきの中で引用したりした位だ。しかし、いずれにせよ訳者あつてのホーフマンスタールでわたしには原作を原語で味はふ力はない。

そのうちに、小沢書店から一九九四年に出た『ホーフマンスタール詩集』(川村二郎訳)を手にして、読まうとした。川村さんは、同じ旧制高校の一年先輩で一面識ある人。その翻訳はいいものだと知つてゐた。しかし、である。このホーフマンスタール詩集の詩は面白くなかつた。

今度、川村さんが亡くなられたあとで、同じ本が岩波文庫に入つた。一つ読んでみることにする。

冷え冷えと夏の朝が

冷え冷えと夏の朝が白み
空からは　エリカのようにほの紅く
エリカのほの紅い花のように
淡い三日月が眺めおろす時

その時　銀色の靴を穿き
庭の戸口から
美と沈黙を帯にして
一等若い夢が現れる

この詩は「大体高校時代の若書き中の若書き」といはれてゐるものの一篇。全二十六行（四・四・四・四・四・六行といふ構成）のはじめの八行を写した。エリカの木はこのごろ日本でもよく見られる低木。花はバラ色または紫紅色と辞書にある。「エリカのようにほの淡く／エリカのほの紅い花のように」はくりかへし句のやうだが、原作がわからないのでなんともいへない。二節目で詩想の主たる部分があらはれる。「夢」それも「一等若い夢」が主体らしい。擬人化された「夢」は「美と沈黙」といふ帯をしめてゐる。

このあとの二節八行では、あらはれた「夢」は「庭の戸口」をあけて外へ出たあと、路地を抜け、クローバの原を抜け、薄明の家の門をあけ小さな階段を「こっそりと／きみの部屋まで上って」行く。「きみ」とは誰だ。さてはこれは恋愛詩かと気付く。「夢」とは、ホーフマンスタール自身のことなのか。

「夢」は「きみの」「ベッドの脚に立ちつくすが／夢にはおよそ勇気がなくて／きりもなく煮えぎる／きみの心に　不安げに聞き入るばかり」なのである。最終の六行を写してみよう。

夢はきみのために来たのだ　それだのに！
きみの息づかいは烈しすぎる
気落ちして夢は立ち戻る　ああ！
もときた所へ帰って行くのだ
エリカのほの紅い花のように

夏の朝が白む彼方へ

「夢」はその名のやうに幻想的で非現実的な「一等若い」夢なのである。それは銀色の靴をはき、「美と沈黙」といふ、それにふさはしい帯（ベルト）をしてゐる。ところが「きみの息づかいは烈しすぎる」のである。「夢」はエリカの色の「もときた所」へすごすごと帰る。いかにもあつけない甘酸つぱい詩だ。李太郎はこんな詩がはたして好きだつたのか。

私の手許にはこの詩の原詩はないが、『ドイツ名詩選』（生野幸吉・檜山哲彦訳）とか『ドイツ詩を学ぶ人のために』（内藤道雄編）のやうな原詩付きの本でホーフマンスタールの他のいくつかの詩を独和対訳で読むことはできる。ホーフマンスタールの原詩は、やはり脚韻を踏んでゐたり、一行のシラブル数が同じだつたりするから、おそらく右にあげた「冷え冷えと夏の朝が」も、音楽性においてすぐれてゐるのだらう。なんでもない内容も、短歌の音数律によつてうたはれると、それだけで詩のかがやきを得るやうなものだ。やはり、川村二郎さんの翻訳力をもつてしても原詩のもつ美しさはあらはしえないのか。

李太郎の初期、二十二歳の詩を一篇かかげて雑記をしめくくらう。

柑子

鷗の群はゆるやかに

一つ二つと翔《かけ》りゐぬ
海に向へる小丘《こやま》には
円《まろ》き柑子《かうじ》が輝きぬ。
われはひそかに忍びより、
たわわの枝の赤き実を
一つ二つとかぞへしに、
兎のごとき少女《をとめ》来て、
一つはとまれ、二つとは
やらじと呼びて逃げ去《さ》んぬ。
おどろき見れば夢なりき。
鷗の群はゆるやかに
一つ二つと翔りゐぬ。

(明治四十年)

笹井宏之の短歌

笹井宏之といふ若い歌人の歌が話題になつたのは昨二〇〇八年のことで、その歌集『ひとさらい』が歌壇のなかでも注目された。その最中に、この若者は今年、二〇〇九年一月二十四日に急逝した。インフルエンザをこじらせた末の肺炎だつたときいた。この人の死は、特に同年輩の若い歌人たちに、男女を問はず大きな衝撃を与へた。先日東京で「笹井宏之さんを偲ぶ会」が開かれて八十名ほどの人が集まり、討論や朗読をしたのに、わたしも参加した。

わたしはこの人とは一面識もなかつたし、文通もなかつたが、笹井さんの所属してゐた結社の責任者といふ立場で参加した。ただし、動機はそれだけではなかつた。この人の歌から不思議な印象をうけてゐて、その歌についての若い世代の意見をききたくて行つた。

わたしが、短歌の教室で解説を加へながら挙げていつた歌は次のやうなものだ。

二十日前茜野原を吹いていた風の兄さん　風の母さん

わたがしであったことなど知る由もなく海岸に流れ着く棒

ゆっくりと上がっていってかまいません　くれない色をして待っています

風という名前をつけてあげました　それから彼を見ないのですが
このケーキ、ベルリンの壁入ってる？（うんスポンジにすこし）にし？（うん）

いま時作られてゐる短歌の中で、さう型やぶりでも奇妙でもない歌である。いはゆるネット系の歌人（若い人が多い）といふ人たちには右のやうな一行詩風の歌を書く人が多いといへる。かうした傾向は、九〇年代ごろに流行したニュー・ウェーブの歌人、特に穂村弘、荻原裕幸、加藤治郎といつた人たちの歌風を継いでゐるのだらう。

例へばここに挙げた五首は、先づ連作の歌ではなく、一首一首ぽつんと独立してゐる。意味の上で完結してゐる。短歌といふより短詩といひたいぐらゐ、伝統的な和歌の韻律や様式を失つてゐる（棄ててゐる）。近代短歌以来短歌は作者の生（生活、職業、私的な履歴、など）とは切り離せない〈私詩〉であつたが、笹井氏の歌は、さういふものを背景にして歌はれてゐない。むしろ、さういふ私歴を背後に背負つてゐないから、軽くて親しみやすいと思はれてゐるらしいのである。「風の兄さん　風の母さん」とは意味は曖昧であるが、「二十日前に茜野原といふところを吹いてゐた風」を想ひ出してゐると思つてもいい。作者はその風を、吹き方の特長から「兄さん」と呼び「母さん」と呼んだ。童謡風の発想である。たしかに五・七・五・七・七の音数律は守られてをり、短歌の常道をゆくものだし、昔をさぐれば北原白秋の童謡とか斎藤史の初期の口語歌に通ふところがある。

「わたがしの棒らしい者が海岸に流れ着いたのを拾つた。この棒つて奴は、もう今は自分がわたがしの棒であつたことなど知るわけもないつてありさまだ」とでもいふのが二首目である。わたがしとわたがしの棒に自己同化してゐるとか感情移入してゐるとかいつた重い歌ではない。ひよいと思ひついたといつた歌だが、妙に心にのこる。

「ゆっくりと上がっていってかまいません」といはれてゐるのは誰か。発話主体は下から見上げてゐるみたいだ。階段（だろう。坂でもいいが。）を上がつて行く人に向かつてさう声をかける。あなたの会ひたがつてゐる人は上の方で「くれない色をして待っています」よといふのだらうか。状況はどうとでもとれる。待つてゐるのは空の「くれなゐ色」の雲かもしれない。一切その辺の読者の解釈への、作者の側からの規制がない。といふことは責任を持たないといふことだ。

「風という名前をつけてあげ」た「彼」とは誰なのかはわからない。わからなくていいのである。なんか宮澤賢治風の童話の主人公みたいにみえる。一行の詩の中に物語を暗示してゐるみたいでもある。すべて作者の頭の中の童話の王国の中の、主人公たちがささやきかはしてゐる声が、一行一行になつてゐるみたいでもある。読者には、勝手に想像をするたのしさもあるが、反対に不安もある。

五首目は、賢治や啄木にあつたやうな一首の中の問答の歌である。「このケーキ、ベルリンの壁入ってる?」と問ふA。「(うんスポンジにすこし)」と答へるB。（スポンジはケーキの土台のところである。）すると「にし?」とさらにAが問ふ。「ベルリンの壁」に東西の区別（大へんに深刻な歴史的な区分である）があることをしつてゐて念を押してゐる。それに対しBが「(うん)」と答へたといふ問答歌であるが、一向に時事的社会的な匂ひはない。

笹井宏之の歌集『ひとさらい』の「あとがき」には次のやうな私的な解説がある。

「療養生活をはじめて十年になります。（注　笹井氏は一九八二年生。佐賀県有田市で短い一生をすごした。）病名は重度の身体表現性障害。自分以外のすべてのものが、ぼくの意識とは関係なく、毒であるような状態です。テレビ、本、音楽、街の風景、誰かとの談話、木々のそよぎ、どんなに心地よさやたのしさを感じていても、それらは耐えがたい身体症状となって、ぼくを寝たきりにしてしまいます。」

「偲ぶ会」では佐賀のＮＨＫが笹井氏の生前にとつたドキュメンタリィ・フィルムをうつしてみせた。暗くしたベッドの中で、携帯メールを使つて短歌を作つてゐる光景が印象的だつた。

　この「あとがき」は、笹井氏の歌を読むときのわたしの読み方、歌の解釈を規定してゐるやうに思へる。現代の、心身を痛む若い療養歌人の、これもまた昔の療養短歌のやうな生命の歌のやうに思へたのだつた。

小笠原鳥類『テレビ』を読む

二〇〇六年には思潮社から「新しい詩人」シリーズ詩集が刊行されて注目された。さいきんになつて「ゼロ年代の詩人」などとニックネームがつけられてゐる。二〇〇九年四月号「現代詩手帖」は「ゼロ年代詩のゆくえ」特集である。といつたつて、重くれた特集ではなく、これを読んで何かが見えてくるなんていふものでもない。詩壇も歌壇と同じやうに（俳壇も同じだが）回顧的になつてゐるから、新進気鋭の一群の詩人をまとめてとりあげたのが珍しく思へるだけのことだ。とはいへ、座談会や対談などで、詩人たちが言つてゐることは、結構おもしろいのだ。

小笠原鳥類さんのことを書かうと思ふのだが、この人の詩は、紹介しにくいのである。なぜなら、その一部分を引用したつて紹介したことにならないやうな詩だからだ。といつてゐても仕方がないので「走査」（詩集『テレビ』の中の一篇）の始めのところを引く。

ええ、いつでも、暗い、見える緑色の水中で、食虫植物のようにうようよとして／いる塩味の動物に食べられないように、食べられて栄養になってはならないと思／い、健康な素晴らしい素敵な歯は恐ろしいから、水面の上に並べられた板の上を／歩いて、記録する、哺乳類はなぜこれほどまでに、しっかりと固まってしまった／ものではないのだらう？

全詩は三十五字（一行）の一〇九行でできてゐるのだが、全く行の組みかへはなく、一文構成である。かういふことは散文詩にはよく見られる書き方で、さう驚くことではないが、この冒頭の五行足らずの引用からもわかるやうに、ふつうの散文の構成をいたるところで破つてゐる。ふつうに読んで行つてはわけがわからなくなる。

「ええ、」といふ最初から、これはなんなのかと思ふ。ふつう文章を組み立てるとき頭の中で、相手にわかるやうにと配慮するから〈なになに（主格）がなになにして〉といふ形を考へる。この詩では、さういふ気づかいはしない。ひとりごとの形をとつて、わたしたちがなにかを呟くやうにもの言ふのを、シュルレアリスムの自働書記のやうに写してゐるのである。だから「ええ、いつでも、暗い、」といふ詩句は、読点のところで、声がほんの一瞬だけとぎれるので、「暗い」は次のフレーズとつながるためには「暗く、見える……」となるべきなのだが、ひとりごとを写してゐるのだから、最初の発声「暗い、」のままにしてある。

小笠原さんは佐々木敦氏との対談「新たなる夢を作る」の中で、高校から大学にかけての読書体験を語つてゐる。そこに出てくる詩人名は、萩原恭次郎、北川冬彦、安西冬衛、北園克衛、西脇順三郎、そして吉岡実、入沢康夫、吉増剛造とならぶのであつて誰しも新しい詩を夢みた人なら一度はそこをくぐつた筈の詩である。「言葉で書かれた破壊的な、爆発しているような感じのものが好きで」とか「実験的でおかしくて、ときには笑えるようなものを好んで読んでいました」

といふ小笠原さんの言葉は、よくわかるのである。

大正末から昭和初期のモダニズムの詩には、短詩運動といふのもからんでゐて、自由律の短歌や俳句の革新運動とも相通ふものがあるから、短詩定型詩人としてわたしがここで口はさむ言葉がありうる。しかし、モダニズムの詩には、『戦争』（北川冬彦）にしても『軍艦茉莉』（安西冬衛）にしても、この小笠原鳥類の「走査」ほどの、文章の断片化、構文の〈ひとりごと〉自働書記（オオトマティスム）による破壊はみられない。

論理的（ロジック）といふことばをあてはめてみると、小笠原さんは徹底して非論理で行かうとしてゐる。たとへば、先の引用部分を論理的にまとめてみると「（私は）水面の上に並べられた板の上を歩いて水中の生物を記録してゐる。すると、暗い緑色の水の中に、食虫植物のやうにうようよと生きてゐる生物がゐる。その生物は、それを食べる（塩味の、つまり海水に棲む）動物に食べられないやうにしてゐる。なぜならさういふ動物たちの（健康な素敵な歯は恐ろしい）からなのだ」といつたことになるかもしれない。しかし、それを恐れて板の上を歩くのは、作中主体の人間であつて、「うようよとしている」食虫植物みたいな生物ではない。ここで、作者の連想は大きく飛んで、場面を見てゐる（あるいは走査――スキャンしてゐる）人間に移つてゐる。

小笠原さんは、さきの対談で、別に生物が好きなわけではないといふ自分の性格にふれてゐる。犬は怖いし嫌ひだとも言つてゐる。それなのにこの人は『テレビ』の各詩篇で動物や植物や架空の生物を扱つてゐる。「グラフ」といふ詩では「暖かい色の、犬と一緒に食べるパン及び犬の食べ物の乾いた塩味〈干物のような〉テレビで動物を見ながら揃って食べること。」といふことを書いてゐる。

小笠原さんが詩に書いてゐるのは「テレビ」に代表されるやうな、媒体（メディア）によつてわたしたちが接してゐる動植物の、意外な生ま生ましさなのである。画面は次々に変つていくし、それほど興味をもつてみてゐるわけではないのに、ついひきずられて見てしまふときのメディアを介してみる生物たち。その奇妙な非現実性と、片方でまるで自分がそこにゐるやうな臨場感。わたしたちは平素、水族館へも、動物園へも行かず、ましてやアフリカのサファリへも出かけてゐないのに、そこになにかごくあたり前な擬似的な――バードウォッチングをしてゐないのに、してゐるみたいな――体験をしてゐる。この体験を表現しようとするときに、小笠原さんのとつた方法は、メディアを介して動く自分の視線のとりとめのなさ、無目的的な動きと、それにつれてうかんでくる一場面一場面の、切りはなされた印象語であらう。当然それらは、ロジカルにはまとめられない、断片的で、いわば点描的であつて、綿描とならないことばといふことになつたのだらう。

これらは小笠原鳥類にとつて、レトリックとして考へつかれた方法ではないだらう。ごく無意識的に選ばれた方法だつたのだらう。そして、『テレビ』の中の詩には、さういふ実験的なレトリックが多いが、さうばかりでもなく、かなりロジックのたどれる詩もある。（「活版と、いにしえのカラー印刷の花」などはその一例だらう。）

小笠原鳥類さんは一九七七年生まれだから、歌人では笹公人さんより二歳若く、黒瀬珂瀾さんと同い年である。早稲田大学のフランス文学科を出てゐる。最近「ガニメデ」（同人誌、銅林社）に、わたしの『ネフスキイ』について大へんおもしろい――書かれた側のわたしにとつては嬉しいエッセイを書いた。「動物、博物誌、詩――岡井隆『ネフスキイ』の動物を見て、思ったこと」といふ長いタイトルの文章には、次のやうな一節もある。

「「会ひたかつたと人々はいふ、夕焼けに朝日に霧に月夜の犬に」（一三八ページ）冬だろうか氷の上で、ここで鳰にも会いたかったし、夕方に、ここでオナガという鳥を公園で見て、ああ、カラス科の鳥を、図鑑で見ながら写真で見ながら会いたかったと言って、多くの人々がバラバラに言う合唱だろうか、犬には怖い影がある。」

ふりかへつてみると、現代詩や訳詩や現代俳句について多く書いて来たが、わたしのつよい関心事は、近代から現代にいたる詩歌全般の歴史的な推移にある。日本語が変容しつつ、滅びないであらうやうに、日本語による詩歌も滅びることはないだらう。しかし、滅びるよりもいやなのは、なんのおどろきもない平板な擬似的な詩歌になつてしまふことだらう。小笠原さんたちの実験は、今のところまだ完成してゐるとはいへないだらう。あと十年もしたら、かつてわたしたちを魅了した荒川洋治さんや平出隆さんたち七〇年代の詩人たちが今の時点で見せてくれてゐるやうな詩を、ゼロ年代の詩人たちも見せてくれるのかもしれないのだ。その荒川洋治さんの最新詩集『実視連星』が届いたので、その一つを読んでみよう。

船がつくる波

いま見えている波は波
船が水をかき
そして進み
それがつくる波
そのまた波

くぐるときに
高くから見る人
手を上からふっている
買い物のかごと

ぺたんとした目
買い物のあと

水はその次に来た船に
与えられ　借りられ
（中略）
借りられて

支払いをすませ
彼のもの

強い箱がたの　波
涙をのんで
涙をうかべては

何年も
いもをかじりながら
ちいさな前の橋

わたしが今見てゐるのも時の「船がつくる波」なのかもしれぬ。

辻井喬と「短歌的抒情」の関係

辻井喬さんとはじめて内容のある話し合ひをしたのは、一九九五年のことで、わたしの歌集『神の仕事場』が出た折に、その版元の砂子屋書房の田村雅之さんが、「『神の仕事場』を読む」といふ批評会を開いてくれた時のことである。吉本隆明さんの講演に続いて、辻井さんとわたしの対談があつた。実は、その日時・場所ははつきりしてゐない。ただ、その記録は、もう一つの企画、数人の歌人による座談会を含めて、一二〇頁の小冊子となつて残つてゐる。その場の雰囲気は、記憶として残つてをり、わたしはずゐ分と緊張して吉本さんの話をきき、辻井さんと対話したことをすぐに憶ひ出すことができるのに、正確な日時の記憶も、また記録も、残つてゐない。今度の『辻井喬全詩集』の年譜に入つてゐないのは当然だとしても、わたしの全歌集その他の年譜にも、はつきりとは誌されてゐないのである。わたしの場合、辻井さんのお仕事やその文学者としての存在を、どこか意識の底で、遠ざけようとしてゐたのではないのかといふ思ひが、今これを書きながら湧いて来てゐる。

そのきつかけを探つてみると、やはり辻井さんが十代のころ、歌人であるご母堂の影響とそれへの反発から、アララギ風の短歌を作つてをられたこと、戦後の〈短歌的抒情の否定〉といふよく知られた論壇ならびに思想界の主潮流に流されて短歌と別れ、現代詩の書き手になつて行つたことが、当然あげられるだらう。

辻井さんは一九二七年三月生まれで、二八年一月生まれのわたしの一年年長の人であるが、この一年といふ年齢差は、あの敗戦を挟んだ歳月であつたればこそ、異常なまでの力で両者に働きかけたと考へられる。戦争体験とか敗戦のうけとめ方とか、そのあとの全く違ふ時空への投げ出され方とかいつたことである。この点は、辻井さんの自伝詩の各篇、また、小説のモチーフとして、まことに強烈に意識されてゐるといつていい。

さきにあげた『神の仕事場』をめぐつての辻井さんとの対談は、『神の仕事場』についての話合ひといふよりも辻井さんの『群青・わが黙示』といふ、すぐれた長篇詩をめぐつて、真剣に話し合つたといふおもむきのものである。わたしは、この長篇詩を、読むことによつて、はじめて辻井さんといふ詩人に遭遇したといつてよかつた。古事記、エリオット『荒地』、そしてリルケ『ドゥイノの悲歌』といふ、辻井さんがおもてむき（裏にはもつとたくさんの本歌がかくれてゐるが）そこから本歌どりをしたとされる原典も、その時にあらためて読み直したし、その本歌どりの意図についても辻井さんに問ひ質したのであつた。短歌を棄てて――といふことは伝統的な抒情の型式を単に破棄したといふのではなく、置きつぱなしにしたといふことかもしれず、それはご母堂の胎内に置いて来られたといふことになるのかもしれない。

わたしは、十数年前の対談のときには全く意識しなかつたのであるが、辻井さんの叙事詩への指向は、短歌的抒情からの無限逃亡のモチーフをもつてゐるのかもしれない。それは私的経歴としては、母胎からの逃避といふ意味をもつてゐるのかもしれない。自伝詩といふときに、当然さうした辻井さんの生まれ出て来た母郷への批判といふか嫌忌といふか、それが濃く働いてゐるのかもしれない。

昨年出て、わたしの読んだ本の中でも、きは立つておもしろかつたものに『ポスト消費社会のゆくえ』（辻井喬・上野千鶴子）といふ本があつた。上野さんとも、昔京都精華大の教員としてごしよし、また上野さんがもと俳人であつたこともあつていろいろとお話しする機会もあるのだが、その上野さんの見事な分析の力によつて、辻井喬＝堤清二の本態がひらかれて行く。この本の中にも、短歌を作つてゐたころの辻井喬とその後の辻井さんの話が出てくるが、わたしは、事はもうすこし深いのではないかと考へてゐる。

辻井さんの「わたつみ」三部作にせよ、自伝詩にせよ、抒情詩の要素はなく、短歌的な抒情は一切拒否してをられる。そのことが詩の性格を、いかにも凛々しくさせてゐる。あへていへば、論理（ロジック）に従つて展開する詩にさせてゐる。しかし、一人の詩人の中に、もつと女々しい、泣きぬれたやうな、どろどろの、どうにも論理では割り切れないやうな、あへていへば〈母胎回帰的な〉モチーフはないであらうかといへば、あるにきまつてゐるだらう。

わたしには、「わたつみ」三部作をあらためて、その本歌どりの原典までたどり直して考へてみる時間やエネルギーが残されてゐるかどうかははなはだ疑問だらう。ただ、辻井さんが拒否した短歌的なるものに固執しつづけた人間として、辻井喬における短歌の問題を今後も、見つめつづけることになるだらうとは、予感してゐる。

『アムバルワリア』について

小説の場合でも、第一行目に苦労するといはれる。これは詩の場合も同じだ。乱暴な言ひ方かも知れないが、多行の詩は、短い小説に似たところがある。一行目を読んで、そのあとに続く行文を想像し予想する。（一行詩である短歌や俳句はどうかといふことも、ここで話題にしてもいいが、実は短歌や俳句は単純に「一行の詩」とは言ひがたいところがあるので、今日の話からは外して置く。）

西脇順三郎の『Ambarvalia』（昭和八年刊。以下『アムバルワリア』と書く。戦後に出た著者自身の改稿版『あむばるわりあ』とは分けて考へる。）は、全編謎めいてゐて、いつ読んでも心そそられる詩集である。この、いつ読んでもといふのは、二十代の青年のときにも、八十代の現在でも、さうだといふことで、この点も稀有な詩書だらう。

その中の「内面的に深き日記」といふ一篇を読んでみたいのだが、その第一行は、

一つの新鮮な自転車がある

といふのである。以下、

一箇の伊皿子人《イサラゴジン》が石鹼の仲買人になつた
軟柔なさうして動脈のある斑点のあるさうして
香料の混入せるシャボン
これを広告するがためにカネをたゝく
チン〳〵ドン〳〵はおれの生誕の地に住む牧人の午後なり
甘きパンの中でおれの魂は
ペルシャの絨氈と一つの横顔と一枚の薄荷の葉を作る

と続くのである。このあと一行の空白が置かれる。わたしたちは、昭和八年には住んでゐない。昭和でいふと八十四年の現在にあつてこの詩を読む。自転車は、今でもさかんに使はれてゐるから「一つの新鮮な自転車がある」といふ宣言めいたことばの意味もわかるし、感覚も共有できさうだ。しかし「石鹼の仲買人」とか、まして「伊皿子人（それにかた仮名でルビがふつてある！）」となると誰でも共感できるとは限らない。それでも、なんとなく「シャボン」を売りあるく商人のイメージが浮かぶ。それと「牧人の午後」とはどう関係するのだ、と思ひながら、かうして思ひかけない連想の野原へとつれ出されて行くのを、わたしは悦んでゐる。わたしはやはり詩によつて現実を忘れたいのである。

「戦後」といふのは、敗戦後といふことであつて、今からかへりみるとよほど特殊な時代であつた。六十数年にわたつて戦争のない時期を体験してみると、昭和三年に生まれたわたしは昭和二十年までの十七年間、戦争と共にあつた。戦ふ国の中にあつた。おそらくその大きな反動として、戦後といふ時代が出現した。わたしが「現代の日本の詩」を知つたのは、その時代環境においてであつた。なにもわざわざ言ふ必要のないこのことが、実はまことに怖しいほどの力を持つて、わたしの読詩体験に作用した。

西脇の詩集は、名古屋駅前の土の道に並んだ闇市みたいな本屋の店先にそつと置かれてゐたのを買つて来て読んだ。なによりもそれは、戦争の匂ひの全くない本だつた。昨日まで続いてゐた、あの戦争の気分をはつきりと否定した雰囲気の本だつた。次に、それには、あのあこがれの、まだ見たことのない、幻としての西欧の匂ひがあつた。

あとから知つたのだが、『アムバルワリア』の詩人は、一九二二年から二五年まで、二八歳から三一歳までイギリスに留学してゐた。そして一九三七年(昭和十二年)日中戦争が始まつたころから一九四六年まで詩作から遠ざかつた。その詩に西欧の匂ひを嗅ぎ、その経歴に戦争を感じなかつた少年の直感は正しかつた。もつとも、当時、西脇の経歴もなにも知らず、仲間とのあひだでは、若い新進の詩人だと思つてゐたのだ。

「内面的に深き日記」なども、飛躍の多い、いはゆるシュールな詩である。作者の生活とか私的な閲歴を背景において読むわけではない。「一つの新鮮な自転車がある」といつたつて、その自転車に乗つてどこかへ行く描写はない。誰とも知らぬ「一箇の伊皿子人」なんて超越的存在が出てくるが、自転車とは関係がない。へんな「シャボン」が売られてゐるのだが、そのあと出てくる「おれ」といふ作中主体（主人公らしい存在）は一向にあいまいで、その非論理的叙述こそ詩なのであつた。それはいかにも辻つまの合つた戦争期の詩をレトリックによつて一掃してゐた。

夕暮が来ると
樹木が軟かに呼吸する
或はバルコンからガランスローズの地平線を見る
或は星なんかが温順な言葉をかける

こんな一節もあつた。ある意味では、抒情的な詩行である。こんなのは、どちらかといふと日本の短歌にちかいのであるが、わたしはそこに日本を感じなかつた。あの夢幻のやうな西欧を感じて狂喜した。

おれの傾斜の上におれはひとりで
垂直に立つ

などといふアフォリズムめいた二行も好きであつた。たとへば、佐藤春夫のやうな詩人の対極に、西脇は居た。春夫は戦中に『東天紅』『戦線詩集』『日本頌歌』『大東亜戦争』『奉公詩集』と、タイトルをみただけでも戦争詩ばかりを書いた。しかもその詩がことごとく若き日の春夫自身をうら切つてゐた。出来栄えもよくない詩ばかりだつた。

わたしの読詩体験における『アムバルワリア』の勝利は、敗戦後のあの特殊な時代の中での達成だつたことを、わたしは今、苦い思ひで反芻してゐるが、西脇の詩は、今読んでも心を打つことにかはりはないのであつた。

辻征夫の「黙読」を読む

年に一度、短歌と詩の朗読会をしてゐる。わたしは八十代の歌人だが、一しよに朗読をする仲間は皆わたしより二十歳乃至三十歳ほど若い。朝日カルチャーセンターの講座としてやるので三十名前後の方が聴きに（観《み》に）来て下さる。もう長い間一しよにやつてゐるので、朗読者の誰もパフォーマンスに気負ひはない。ただ毎回（毎年）新しい課題を出して、その題のもとに歌を作つたり詩を書いたりしてゐる。朗読者のひとりである石井辰彦さん（歌人）が難題を考へてくれる。今年は「皇居について」であつた。因みに昨年の題は「東京タワー」、一昨年は「富士山」だつた。

歌は、二十首の連作であり、詩は一篇。短歌も連作の使ひ方では二十行の詩と相似した印象を与へることもできる。だが本当は全く違ふものである。「皇居について」それなりの作品を作るには用意が要る。わたしは仕事柄比較的宮内庁や宮殿内にも行くことの多い人間だが、この連作は、ある新聞社の社屋の三十八階より俯瞰した皇居の印象から連作を始めた。どの朗読者もおのおの皇居に対して個性あるアプローチをしてから、作り、朗読したのである。このやうに朗読会といふのは、朗読者の内部にも行動にも変化をもたらす。その点を客観視すれば、さらに面白いともいへる。

二〇〇〇年一月に亡くなつた辻征夫はわたしの好きな詩人だつたが（わたしはこの人の朗読を一度きいたことがある）辻に「黙読　一九八四年六月二十四日東京ＹＭＣＡ会館」といふ、自作詩の朗読をテーマにした詩があるので読んでみたい。といつても八十行もある散文詩なので、かいつまんで引用する外ないが、わたしの意図はそれでも達せられるだろう。

《「黙読」という作品ですがそれはさておき、実は私は、自作の朗読ということ、好きではありません。十数年前に（中略）やったことがあるのですが、面白くもなかったので以後はやっておりません。

かういふかたちで詩は始まる。朗読会へやつて来て「黙読」といふタイトルを掲げ、朗読嫌ひを宣言した詩を朗読するといふところに、作者の意図は明らかだらう。この最初の「《」はずつとあとのところで、詩の終りに近いところで、次のやうに「》」によつて閉ざされる。

いささか、長い話をしてしまいましたので、短い詩を読みます。耳をすませて下さい。》

そして、そのあと「黙読」の時間を示す「………」の一行があつてから、

（作品ヒトツ、黙読シテ退場ス。）

で詩は終る。この（　）内は、朗読者の行為を客観視して書かれてゐるので、目で読む詩の一部分ではあつても、耳で聴く朗読詩ではない。このやうに、いくつかの仕掛けによつて、「黙読」といふ朗読詩とその朗読は終る。

なお、この八十行の詩のあとに「注」が三つ小さな字で加へられてゐるが、むろんこの「注」も、詩の一部分なのである。

注⑴は「明治大学文学部の学生と卒業生が開催した朗読と講演の会」といふので、注⑴は本文の五行目「今日はこういう会*で、どうしてもなにかやれというので……」といふ＊印に呼応する。注⑵は「こういう演し物はなかったと関係者全員が主張している。ほんとうに、あの裸体の俳優たちと観客はどこへ行ったのだろう。」といふのである。それは次のやうな＊＊印のついた本文に呼応する。呼応するといつたつて、読者は詩の本文を読んだり聴いたりしてゐる時には、詩の終つたあとに、このやうな「注」が待ちかまへてゐて、それによつて詩の模様を攪乱するとは思はないであろう。この箇所は多少、うさんくさいとは思ひながらも、である。

私は今日、定刻前にこの会場に来たのですが、舞台ではもうなにかはじまっていました。芝居のようなのですが、みなさん既に御覧になったように、**俳優はまったく身動きをせず、それぞれの場所に立ったままかわるがわる叫んだり呟いたりしているのでした。みな裸体でしたが裸体といえば観客も裸体で（あの観客はどこへ行ったのだろう）、だれも舞台を見ていないで勝手に絡まりあったりしているのですが（中略）どうやら異分子はいまだ着衣のままの私だけのようです。

この詩の作られた一九八四年といふと「天井桟敷」の寺山修司が亡くなつたのが八三年だから、最盛期はすぎてゐたとはいへ、辻のアイデアを刺激するやうなアングラ劇や舞踏劇がおこなはれてゐた時代だつたかと、なつかしく思ひおこす。さういへば辻自身が卒業生だつた「明治大学文学部」などといふ、今はどんどん少くなつてゐる文学部の存在が、まだあのころはちやんとしてゐて、その雰囲気の中で詩の朗読がおこなはれるといふ設定が可能なのだつたのだ。

注(3)は「渋沢孝輔氏も長谷川龍生氏もこの会に出席していなかった。にもかかわらずここに出て来てしまったのは、渋沢氏の方は明大仏文教授ということからの連想にちがいないが、長谷川氏の方はさっぱりわけがわからない。ともあれ勝手に登場させてしまったことは私の頭の構造のしからしむるところであって、私はおふたかたに深く詫びねばならない。」といふのであった。事実、この「黙読」といふタイトルの詩は、朗読会における朗読者の演舌あるいは長い散文詩の朗読といふ内容をかかげながら、「濃密といってもよい劇的空間」（詩の第十八行目にある言葉）を少くとも作り出さうとした形跡のあらはな詩である。居もしない詩人が出て来て挨拶したり、やがて、朗読者自身が、「自分の詩集を買って来ようと思」って、「ここはお茶の水ですから、探せばどこかでみつかる筈」と、会場を脱出して街へ出、さらには温泉旅館の大浴場へまでさまよつて行く。

そして、その終りが、さきに引用した「いささか、長い話をしてしまいました……」で、しめくくられるのだ。

たしかに朗読会は小さなドラマであり、（辻征夫が見事にそれをやってのけたように、）朗読会そのものが、詩そのものなのだと、「黙読」といふ詩を、黙読しながら思つたことであつた。

『吃水都市』の音楽性

受賞作ときまつてから、あらためて『吃水都市』の「吃水」つてなんだらうと議論になつた。メディア発表の時も質問が出た。むろん「吃水」は「吃水線」と熟して意味をもつ。船のやうな巨きな都市を考へてみる。すると作者が執着してゐる首都東京（とは言つてゐないが）に、さまざまの負荷がかかつて行つて、船ならば吃水線がどんどん上つて行く。そして都市は水へ沈んで行く。そんなイメージなんだらうと思はれた。かといつて、沈下する都市をさう嫌がつてゐるやうにも見えない。女狐と一しよに雨の降る市街の中を走つて行つたり、飛行船にのつて皇居あたりの空をさまよつたり、プロペラ機に乗つて調布飛行場からとび立ち、愛する少年を殺害した「吃水都市」を見下ろしたりしてゐる作者に、深刻な表情はない。無表情、無感動といつた印象さへある。

二十年かかつて書き継がれた二十四篇の作品であつた。さきにちよつと要約したが、かと言つて目立つやうな物語があるわけではない。一篇一篇のタイトルは、ストーリイを予感させるが、読み始めると、文体の音楽性の豊かさに押されて、物語はどうでもよくなつてくる。

眠る男、眠る男よ、きみはかなしい、眠る男よ、きみはとてもかなしい、きみの頭蓋のなかにはきらゝかな悪の金粉が舞つてゐて、おほきな黒猫の毛並のやうな悪い艶をおびてゐるその暗闇を、きみはたゞ降下してゆくことしかできない、からだは縦になり横になり斜めに傾ぎ、厚ぼつたい寒気の淀みではふはりと横にそれ、かぐはしい精気はざつくり切り裂いて滑空し、少しづつ少しづつ、着実に、眠りの底に向かつて近づいてゆく、

（「眠る男」冒頭）

きみは隆々と立ちあがる男根のやうでもありうつくしいあかむらさきいろの女陰のやうでもあり、全身鱗に覆はれた古代の爬虫類の生き残りのやうでもあり、奇妙に湾曲したガラス張りの温室、寒風にはためくのつぺらぼうの旗幟、絶へずむく〳〵膨張しつゞける季節外れの積乱雲、顕微鏡のレンズの下でどき〳〵脈打つてゐるミジンコの心臓、ぱん〳〵に脹らんだ空気枕、腐りかけた魚の濁つた目玉、甘たるい旋律を響かせてゐるいびつなコントラバスのやうでもあり、だが耳搔きの先の綿毛の玉、藁蘂、蜘蛛の死骸、花菖蒲、氷のかけら、封蠟、花札、など〳〵、指のやうでもあり、あれのやうでもありこれのやうでもあり、つまりは長い影を曳きずる浮游する広告塔のやうなきみなのだが、

（「仮眠」部分）

かういつた例はいくらでも引用できる。わたしは、なん度か、人々の前で、『吃水都市』を朗読して解説した。声を出して読んでゐると、そのうねるやうなメロディと、歯切れのいいリズムは、陶酔をさそふやうでもあつた。この詩集は、巧緻な技法と鋭いことばの感覚で作り上げた二十四

箇の繭のやうなものであるが、そのことが朗読してゐるとよりはつきりとわかる。さきにあげた「仮眠」に出てくる「のやう」といふ直喩の物件は、すべてすこし古風な、レトロつぽい、抒情詩に出てくるやうな自然の断片や風俗の一端だつたりするのだが、かといつて、作者は、抒情詩を書いてゐるわけではない。

「さうだ遠ざかつてゆくのは言葉なのだ、忘れるのではない、棄てるのでもない、言葉がたゞ遠ざかつてゆく」(「仮眠」)とあるやうに、この近未来風景としての「廃都」にはぶよぶよと言葉だけがふくらんで、浮上し、流れたり沈んだりしてゐるともいへる。

松浦寿輝は、ここからどこへ行くのだらう。いや、どこかへ向かつて動くとか、変化するといふのは、ふさはしくない。「水火」(同人誌)に見る松浦氏の詩は、『吃水都市』とつながつてゐるとも、また、新しい散文詩の模索だとも見えて、わたしにはとても興味深いのだが、そこで、もう一つ気が付いたのが、松浦さんが二十二歳のころに書いた「韻文作品」(『現代詩文庫』にある)である。韻文といふが、ほとんどが短歌であり、連句も混じつてゐる。

絶えはてよ春は雨月のもの狂ひくれなゐ沈む水もいのちも
歩み去れしたたる汗もいたましき少女はつなつのくちびるの花

といつた作品である。塚本邦雄の影とか、塚本を経て来た中世和歌たとへば定家の影も差してゐるみたいだが、言葉また言葉といふ感じで、まるでオオトマチズムの詩みたいに次々に、ある場合は意味や筋書きなど無視してまで、言葉がうねつて行く。これは松浦氏の散文詩のあの音楽性に通ずるのではないかと思つたりしたのである。

松浦寿輝さんのご受賞を心よりお祝ひする。

川上弘美の詩「ディーゼル機関車」について

レイモン・クノーといふ詩人は「詩法のために」といふ詩で「言葉を一つ／いや二つの言葉をとりだして／卵のように焼きなさい」と奨めてゐる。また「ほんの僅かな感覚と／無邪気さの大きな塊をとりなさい／そして技術のとろ火で／ゆっくりあたためなさい」といった案配に詩法を料理法になぞらへる（窪田般彌訳『フランス現代詩19人集』）。

こんな詩を思ひ出したのも、小説家川上弘美の「ディーゼル機関車　島根　恵曇」といふ詩を読んだからだ。詩は同人誌「水火」6号に載つた。この同人誌には詩人朝吹亮二、詩人で小説家の松浦寿輝（「水火」はこの三人の作る詩の同人誌）の詩も、載つてゐるが、川上さんのこの詩は、朝吹、松浦両氏の詩と違つてゐるのだ。川上さんのは、物語性がある。しかも物語の主人公は〈私〉（イコール作者）ではないらしい。詩は七十行以上の改行形式であるから、ここで全部を引用することはできない。冒頭のところをちよつと引いてみる。

雨は山からやってきた
その夏わたしは人を憎んだ

すたれたレイルに錆びた車輛が残されている

この冒頭三行では三つの主語が出てくる。雨、わたし、車輛である。読者としてわたしははじめから物語みたいだと思つた。そしてとりわけ「人を憎んだ」といふところに強く惹きつけられた。レイモン・クノー風に言へば、川上さんは「憎」という言葉をとり出して卵を焼くやうに、これを料理するのかと期待した。その時、詩の進行する時間と空間がいはばフライパンである。

雨の港までゆこうと思った
憎んだ人をさらに憎むために
ステップをのぼり運転室扉に手をかける

七、八、九行目が右のやうになつてゐる。雨、わたし、車輛といふ順になつている。今のところ、この三つのファクターは充分にはからみ合つてゐない。人間は人を憎むことによつてより強く生きる、ことがある。だが憎悪をこんがりと焼くために、なぜ「雨の港」まで行くのかは謎である。この詩のタイトルの下に小さく注記された「島根　恵曇」といふ町（わたしの持つてゐる地図にはのつてゐないが、多分日本海に面した港町）が、つまり「雨の港」かと思ふ。「わたし」は「その夏」（いつかわからぬが過去のある夏）その港町へ行かうと思つた。その時「雨」は中国山脈の側からやつて来た。おそらく夏に降る急雨だらう。

ところで、「わたし」はその港町へ行くのに奇妙な乗りものを使はうとしてゐた。なにしろ「すたれたレイル」に乗りすてられた「錆びた車輛」なのである。動くわけのない、その車輛の「運転席をおおっている蔦を／鉈で切り裂」く。「変圧器が電圧を上げまた下げ」ると、なんとその車輛は、「とぎれたレイル」の上を「少しずつ進んでゆく」ではないか。

もう一つの謎は、「わたし」が憎む相手の「人」とは誰かといふことである。作者が、この謎の答のために与へてくれるヒントは多くはない。

その人の言葉はうつくしかった
なにくわぬ顔でわたしを絶望させた人
言葉なのだ
行為ではなく

といふ詩行がある。詩の全体の流れでは二十三、二十四、二十五、二十六行目にあたる。どうやら「わたし」は、その「人」に惚れてゐたらしい。それも相当にふかく、烈しく。そして、どのやうないきさつかは知らないがそれは「わたしを絶望させた人」であつた。その「人」を憎み切るために、「わたし」は錆びたレイルの上を「錆びた車輛」を走らせてでも「雨の港」へ行かなければならないのであつた。

ずつと先まで読むと、この詩の中の「わたし」と「その人」と対話するところが出てくる。雨はもう主役ではなく山へ帰つて行つてゐる。車輌も、「もう動かない」。

したたるような寝汗をかき
寝覚めの苦しさに耐えていた
うすく目をひらき
その人は言った
ずっとそこにいたのか
ずっとここにいたのよ
ずっとここにいたのよ

港町での二人の会話は「その人」の孤独の中には「わたし」は常には存在せず、どうでもいい他者であつたこと、そしてそのことが「わたし」の「憎」しみの源であつたことをかすかに暗示させるが、それがなぜ、島根の恵曇といふ港町でなければならなかつたのか、またそこへ行くのに、腐蝕した鉄道をつかはなければならなかつたのか（つまり、不可能といふレイルを使ふ他なかつたのか）そのことは暗示も明示されてゐない。ただ七十二行から七十四行目に、

その人を憎んだ夏は
うつくしかった

とてもうつくしかつた

とあつて、詩はそのあと「もうすぐ嵐がくる／車輌はうすみどりに鎮もり／空気が熱をおびる」と終つてゐるのである。

クノーのいふ言葉料理は完成したのかといへば、わたしといふ読者には完了したかに見えるが一般には半熟のままとも見えよう。

『トロムソコラージュ』讃

第一回の鮎川信夫賞にふさはしい、すぐれた詩集が選ばれたことに感動してゐます。

四人の選考委員の、わたし以外の三人の詩人の長時間にわたる真剣勝負ともいふべき討議に参加することができたことを僥倖と思つてゐます。予備的な会合で、対象詩集が五冊にしぼられ、詩論集も同じく五冊にしぼられました。のちに詩集に二冊が追加されましたが、本選考会までの数週間を、他の仕事をこなしながらでありますが、対象詩集を机辺に置いてすごしました。他の仕事（わたしの場合は選歌などが多い）は必ずしも詩集を読むのに邪魔にならないのであります。読むたびに一篇の詩（詩集は単なる詩の集合体ではなく一篇づつの詩を読むことの積み重ねによつて出来上つてゐます）の印象がすこしづつ異なつて来るので、他の仕事がその印象に淡い、あるいは濃い影をおとしたりします。その体験は今回初めてではありませんが、苦しくも愉しい日々また時々でありました。

谷川俊太郎氏の『トロムソコラージュ』は七篇の詩から成る詩集で、その七篇の並べ方にも自ら工夫があり意味があつたことに読み進みながら気付きますし、読み返すたびに新しい発見があります。今さらこのことを言ふ必要はありませんが、老熟したテクニック、この作者ならではの多彩であつてしかも落着きのあるレトリックが使はれてゐます。作者が「あとがき」で「発想もスタイルも一定していない。共通なのは行数がふだん書いている詩よりも多いということ」と書いてをられますので（むろん読者としてもそのことにはすぐ気付きますが）試みに行数を算へてみますと（空白行は算へないで置きます）次のやうになるやうです。

トロムソコラージュ　一九七行
問う男　二〇七行
絵七日　一七五行
臨死船　一三二行（6行×22連）
詩人の墓　一〇八行（4行×27連）
「詩人の墓」へのエピタフ　二一行（7行×3連）
この織物　一八九行

長くても二〇〇行前後であることも確認できました。六行一連が二十二連あつまつてゐる「臨死船」が、内容のやや暗めで死を話題にしてゐながら、ある軽快感をアイロニカルに漂はせてゐるのは、この行数のリズム（行数律といつてもいいでせう、音数律になぞらへて。）の効果ともいへます。

作者の「あとがき」には、「筋立てのようなものがある」とか「自分を時間的な文脈よりも、空間的な文脈でとらえるほうが楽だ」とか、にもかかはらず「詩と物語のバランスが」特に実人生の上では大切だと遅まきながら私も気づき始めていて」とかいつた言葉があります。その意味では、もつとも劇的といへるのは「問う男」でせう。わかりやすいのは「臨死船」であります。一番（わたしにとつてといふべきですが）晦渋で、それだけに混沌が棲んでゐるやうに思へたのは「この織物」といふ「書き下ろし」作品でした。

　表題作の「トロムソコラージュ」は、旅の記念ともいへる一作で、ノルウェーの都市トロムソで「なかば即興的に大半を書いた」（「あとがき」）と作者は言ひます。わたしも最初はそんな印象をうけたのでしたが、よみ返すたびに、対《つい》の頁に掲げられ合はせられてゐる著者の手になる旅中の写真（カラー）の効果もあつてのことですが、旅物語の色が濃くなつて来ました。「私は立ち止まらないよ」「私は覚えないよ」「私は負けないよ」「私は立ち止まれないよ」「私は立ち止まらないからね」といつた詩行がリフレインとして働いてゐるのに目をみはるやうになつたのです。

立ち止まらないよ　私は
花も摘まない　敵も作らないよ　味方もね
ヒトの問いにはにっこり答えて自分の答えを絶えず疑い

といつたアフォリズム、人生箴言詩風の数行がいたるところにさし挿まれてゐて、読者を愉楽にさそふのであります。「あとがき」で自己批評をされてゐる方向に進まれるとすれば、これからの氏の詩に期待することが大きく、わたしは心より氏の受賞をお祝いしたいと思ひます。

　今回は、わたしは詩論集を選考する討議には充分なかたちで参加できませんでした。対象となつた本はすべて出版時に目を通してゐたのですが、わたしの方の条件が悪かつたのでせう、心に残るものが少なかつたのです。わづかに神山睦美氏の『二十一世紀の戦争』からは教へられるところがあつたのですが、詩論集といふ観点からは、弱点がありました。

詩集の討論のときに、中尾太一氏や岸田将幸氏の詩の読み方についていくつかの示唆を与へられました。岸田氏でいへば、途中で挾まれる「幼年期生地断片」、中尾氏でいへば巻末の「坂上の象」のやうなわたしの好きな部分と、大半を占める難解な詩行との食ひ違ひについてですが、この点については、今後も考へ続けるつもりです。

詩における物語性とはなにか

谷川俊太郎の詩集『トロムソコラージュ』（二〇〇九年五月刊）が、第一回鮎川信夫賞を受賞した機会に、その中の一篇「問う男」を読んでみたい。

この詩集で谷川氏が試みたのは、物語のある詩である。そのためもあつて、従来の短詩（十四行から二十行、三十行といつた行数の詩）とは違つて二百行ちかい詩がいくつもあり最も短くても一〇八行の詩である。六篇の詩の内「問う男」は二〇七行で、一番長い詩だ。

物語性といふと、第一には登場人物と語る主体のあり方と、筋書きだらう。そして小説と違ふ詩のあり方となると、散文詩とはいつても、行《ぎょう》の分け方、一行の字数、行から行への飛躍の仕方といつたものが、小説とは違つてゐなければ、折角、詩として書く意味がなくなるだらう。「問う男」は、次のやうに始まる。

いきなり男が部屋に入ってきた　14字
会ったこともない男だ　10字
玄関の鍵はかかっていたはずだが　15字

顔を見た　　　　　　　　4字
敵意はなかった　　　　　7字
咄嗟に水のような顔だと思った　14字

登場人物は、物語る「私」と「男」の二人で「私」は作者とイコールのやうに書いてある。読者は、谷川俊太郎といふ高齢の詩人を作中主体と重ねて読む（やうに作者も期待してゐる）。各行の字数を算へてみたが、音数を算へれば、音数にもなにがしかの律《リズム》があるのがわかるだらう。四行目からの三行は特に、字数の上でも、とんとんと人と、行の意味をたたみかけてゐるみたいだ。当然「被害者という言葉が浮かんだ／私は被害者なのだ／だが　何の？／男は何もしていない／ただ黙って入ってきただけだ／それも加害なのか」といった詩行が続き、この「男」はなに者かといふところへ、話は移る。

男がテレビのスイッチを切った
最初の驚きが恐怖に変った
それを抑えようとした
呼吸が速まった

といふところへ来て読者も、さあどうなるかと興味をそそられる。すると、

〈戦いの後にはいつも夥しい死体が残される〉
呟くような言葉が男の口から漏れた
〈女王はその事実に耐えねばならない〉
男は口をきいた瞬間恐怖は鎮まった
なんだこいつ売れない役者なのか
誰が書いた台詞だっけ
ラシーヌか
私に口をはさむ間を与えず男は続ける
〈だが野の寡婦は事実を生きるしかない
体内の寄生虫とともに菌とともに
君はどうする気だ?〉
私に問いかけているのだと知るまでに五秒かかった
「へ?」
我ながら間抜けな返事

ここまで来ると、これは小説風の物語ではなく、詩語（詩のことば）による多行の詩だといふことが判る。有名な作家の家に見知らぬ男が入ってくる話は三島由紀夫の「荒野より」などいろいろあるだらう。ここで谷川氏がもち出してゐるラシーヌのドラマの科白（わたしはたしかめてゐないから、ラシーヌの何なのか誰の訳なのかも知らないが）は、とりわけ「〈だが野の寡婦は……〉」以下では、読まれる文字の文学であつて、聞いては、ふつう何のことかわからない筈だ。これは、現実に成立するやりとりではなく、ラシーヌの詩行は暗喩として作用してゐる。「男の呟きには明らかなスタイルがある／非日常的な発語／答を期待していない疑問形」と作者も注釈を加へてゐる通りである。

そして、男の呟きも、ごく現代的な、つまり谷川俊太郎の詩のやうになつて行く。ラシーヌみたいな感じが抜けてゆく。

なるほど、「男」とか作中主体とかは、仮に作られた場面設定だつたのだ。終りに、その「男」は、去つて行き、そのあとを作中主体が追つて行くと……川のほとりの「折れ曲がった段ボールで囲って／青いビニールをかぶせたもの」が、その男の住居とわかり、男は「〈安心したかな、ホームレスと分かって〉」といふ。

たしかにそれは物語としては「つまらない落ちだ」。ここまで読んでくると、詩人は、物語詩など書いてゐるわけではないとわかつてくる。物語は疑似的な外側のわく組みである。はじめから、ラシーヌなんかをもち出して、読者に目つぶしをくらはせながら、作者は詩を書いたのだ。男の呟く一行一行が詩なのである。それをなるべく効果的に、読ませるやうに、物語はある。

〈僕に触れてもかまわない

僕は血と肉だ
脾臓だ膀胱だ小脳だ広背筋だ仙骨だ
君と同じだ
僕が言葉なら君も言葉だ
君は読むだけか？〉
ぎくりとした

といつたあたりにこの詩の言ひたいところの大事な数行があり、さうした詩行があちらこちらにはめ込まれてゐる。さういふ物語詩なのであつた。詩物語ではなかつた。

あとがき

ここ数年のあひだに折にふれて書いたエッセイの中から、詩や短歌や俳句について書いたものを編んで一冊とした。編んだのは思潮社の亀岡大助さん。書いたわたし自身、ずゐ分と多方面にわたつて書いてゐることにおどろきつつ亀岡さんに感謝する。

書き方に少しづつ違ひがあるのは、発表した場所によるところが大きい。「季刊文科」の連載であると、小説家を中心とした文壇の人たちに対し詩歌句の解説を試みてゐる。「未来」の場合は短歌の結社誌（月刊）で、わたしがその編集・発行人をしてゐるので、自然にその身ぶりで出てしまふところもあり、歌人は詩や俳句について一般に関心が薄く理解も浅いといふ現実についてはよく知つてゐるから、余計な啓蒙的言辞をくりかへした。「現代詩手帖」の場合は、読者は詩人であると思つてやや安心して書いてゐるところもある。と同時に二〇〇八年ごろからわたし自身詩を書いたり詩集を出したりし始めたから、自分自身のための演習（ゼミナール）のやうな書き方にもなつた。

わたしとしては作品を愉しんで読んでゐるのであつて、どうか読者の方にも、異論や批判を加へながら愉しんでいただけたら嬉しいのである。

二〇一〇年五月十四日　　岡井 隆

初出一覧

祈りの強度——谷川雁「毛沢東」	「現代詩手帖」一九九九年四月号
柚子の実にかくれて——西条八十「柚の実」	「雁」43号、一九九八年十二月
巧まざる技巧の冴え——辻征夫のこと	「現代詩手帖」二〇〇〇年三月号
世紀の変り目の三冊または三人選	「現代詩手帖」二〇〇一年三月号
縦書きと横書き——ブレヒトの独和対訳	「雁」49号、二〇〇一年四月
全詩集を見ながら考へたこと——『吉本隆明全詩集』	「現代詩手帖」二〇〇三年九月号
『邪宗門』の中の一篇——北原白秋	「季刊文科」26号、二〇〇四年一月
「囈語」の裏の真実——山村暮鳥	「季刊文科」27号、二〇〇四年五月
バスは「永遠に来ない」のか——小池昌代	「季刊文科」28号、二〇〇四年八月
『旅人かへらず』通読	「季刊文科」33号、二〇〇六年一月
谷川俊太郎の短歌及び短歌観	「現代詩手帖」二〇〇六年十一月号
谷川俊太郎の「五行」について	「季刊文科」36号、二〇〇七年一月
俳句あれこれ	「季刊文科」37号、二〇〇七年四月
中也についての断想	「現代詩手帖」二〇〇七年四月号
日夏耿之介の詩	「季刊文科」38号、二〇〇七年八月
佐々木幹郎と湾岸戦争詩	「未来」二〇〇七年七月号
ジャンルを替へる——四方田犬彦『人生の乞食』	「未来」二〇〇七年九月号

伊藤比呂美さんの文体について	「新潮」二〇〇七年十一月号
「行分け」と「散文」——伊藤比呂美	「未来」二〇〇七年十月号
「蛮賓歌」の一節——日夏耿之介	「季刊文科」39号、二〇〇七年十二月
詩歌の韻律について——藤井貞和『詩的分析』	「未来」二〇〇七年十一月号
異性の呼び声——三角みづ紀『カナシヤル』	「未来」二〇〇七年十二月号
『二都詩問』と「〈北〉の再発見」	「未来」二〇〇八年一月号
手を洗う——平田俊子『宝物』	「未来」二〇〇八年二月号
平田俊子の「れもん」	「季刊文科」40号、二〇〇八年三月
川村二郎さんとヘルダーリン	「未来」二〇〇八年三月号
一旧友が遠望する北川透	「現代詩手帖」二〇〇八年三月号
田中裕明の句を読む	「季刊文科」41号、二〇〇八年七月
平和に耐へること——谷川俊太郎『私』	「未来」二〇〇八年四月号
コンセプチュアル・アートと詩	「未来」二〇〇八年五月号
若い世代の短歌——穂村弘『短歌の友人』	「未来」二〇〇八年六月号
日付のある歌集のことなど	「未来」二〇〇八年七月号
俳誌「澤」の田中裕明特集号のこと	「未来」二〇〇八年八月号
「七月、流火」考	「現代詩手帖」二〇〇八年九月号
安東次男について	「未来」二〇〇八年九月号
鈴木志郎康『声の生地』を読む	「新潮」二〇〇八年十一月号
萩原朔太郎賞選考のこと	「未来」二〇〇八年十月号

茂吉の歌の解釈について　「季刊文科」42号、二〇〇八年十月
子規・聖書・墓参　「未来」二〇〇八年十一月号
アウスレンダー『雨の言葉』を読む　「未来」二〇〇八年十二月号
水無田気流『Z境』を読む　「季刊文科」43号、二〇〇九年一月号
新国誠一から藤富保男へ　「未来」二〇〇九年一月号
〈視る詩〉の読み方　「現代詩手帖」二〇〇九年二月号
『神曲』の邦訳を読み比べてみる　「未来」二〇〇九年二月号
中国詩の伝統はどこにあるのか――『北島詩集』　「未来」二〇〇九年三月号
わたしにとつての三冊の詩書　「現代詩手帖」二〇〇九年三月号
ホーフマンスタールの翻訳のこと　「未来」二〇〇九年四月号
笹井宏之の短歌　「季刊文科」44号、二〇〇九年四月
小笠原鳥類『テレビ』を読む　「未来」二〇〇九年五月号
辻井喬と「短歌的抒情」の関係　「現代詩手帖」二〇〇九年七月号
『アムバルワリア』について　「季刊文科」45号、二〇〇九年七月
辻征夫の「黙読」を読む　「季刊文科」46号、二〇〇九年十月
『吃水都市』の音楽性　「新潮」二〇〇九年十一月号
川上弘美の詩「ディーゼル機関車」について　「季刊文科」47号、二〇一〇年二月
『トロムソコラージュ』讃　「現代詩手帖」二〇一〇年四月号
詩における物語性とはなにか　「季刊文科」48号、二〇一〇年五月

詩歌の岸辺で　新しい詩を読むために

著者
岡井《おかい》 隆《たかし》
発行者
小田久郎
発行所
株式会社 思潮社
〒一六二―〇八四二　東京都新宿区市谷砂土原町三―十五
電話〇三―三二六七―八一五三（営業）・八一四一（編集）
ＦＡＸ〇三―三二六七―八一四二
印刷所
三報社印刷株式会社
製本
株式会社川島製本所
発行日
二〇一〇年十月三十一日